귀환병사

FANTASTIC ORIENTAL HEROES

요람 新무협 판타지 소설

귀환병사 21

요람 新무협 판타지 소설

초판 1쇄 찍은 날 § 2015년 4월 10일
초판 1쇄 펴낸 날 § 2015년 4월 17일

지은이 § 요람
펴낸이 § 서경석

편집부장 § 권태완
편집책임 § 한준만

펴낸곳 § 도서출판 청어람
등록번호 § 제387-1999-000006호
등록일자 § 1999. 5. 31
어람번호 § 제2-2586호

주소 § 경기도 부천시 원미구 부일로 483번길 40 서경B/D 3F (우) 420-822
전화 § 032-656-4452 팩스 § 032-656-4453
http://www.chungeoram.com
E-mail § chungeorambook@daum.net

ⓒ 요람, 2013

ISBN 979-11-04-90195-9 04810
ISBN 978-89-251-3414-7 (세트)

귀환병사

요람 新무협 판타지 소설

FANTASTIC ORIENTAL HEROES

21

도서출판 청어람

第百九十一章　백일(百日)

귀환병사

꽈직!

우악스럽게 휘두른 장팔의 도끼질이 달려들던 적군 하나의 어깨를 후려쳐, 아예 절단내 버렸다.

픽! 동시에 허리 반동을 주며 쏘아져 나간 주먹이 그대로 얼굴을 강타, 성 밖으로 날려 버렸다.

장팔의 얼굴에는 피로가 가득했다. 그러나 흉흉한 눈길로 주변을 쓸어봤다. 전세는… 최악이다.

"막아! 절대로 못 올라오게 해!"

공성(攻城)이 한창이다.

도대체 몇 번째인지 기억도 나질 않았다. 하루에도 몇 번씩이나 빌어먹을 마녀의 군세가 공격해 왔다.

크아악!

괴물이나 내지를 괴성을 내며 적군 하나가 다시 성벽을 타고 올라왔다.

장팔의 손에 들린 도끼가 다시금 날았다.

쩡!

내력이 실린 도끼가 막히고, 오히려 튕겨 나갔다. 쯧! 그의 입에서 결국 혀 차는 소리가 흘러나왔다. 결국 제대로 된 놈들까지 성벽을 기어 올라오고 있었다.

차륜전이다.

어중이떠중이들을 보내 이쪽의 힘을 뺀다. 적당히 힘이 빠질 때쯤 상당한 수준의 병력을 투입한다.

이건 매우 위험하다.

슉, 날카로운 검이 소리도 없이 장팔의 멱을 따기 위해 꾸물꾸물, 그러나 굉장히 빠르게 쇄도했다.

쩡!

장팔은 고개를 뒤로 젖히고, 도끼를 아래에서 위로 쳐올렸다. 소음과 함께 칼이 휙 튕겨 나갔고, 장팔은 잠시의 틈을 얻어 소리쳤다.

"마군!"

후우웅!

장팔의 고함이 쩌렁쩌렁 울리자, 성벽 위 기세가 순식간에 일변했다. 비천대 전체가 여태 돌리던 내력의 수준을 끌어올린 것이다.

체력, 내력 소모가 빨라지겠지만 그래야 했다. 수준이 낮던 녀석들을 상대하다가 갑작스럽게 적의 수준이 변해 버린 것이다. 이는 잘못하면 치명타로 적용한다.

왜?

익숙하던 공격들은 순식간에 사라지고, 그 이상의 공격이 날아온다.

신체, 오감의 반응 속도는 수준이 낮은 곳에 적응하고 있는데 그 이상이 갑자기 오면 혼란이 일어난다.

사람이라 어쩔 수 없는 일이다. 그러니 아예 수준 이상의 적, 마군(魔軍)이라 칭한 자들이 올라오면 아예 곧바로 체계를 바꿔 버렸다.

기세가 일렁이더니, 곧 하늘로 충천했다.

기세 충천 후 비천대의 움직임이 완전히 변했다.

기이잉!

곳곳에서 기음이 터져 나왔다. 비천대가 돌리는 삼륜공의 기음이었다.

하단과 중단에서 도는 삼륜공이 비천대의 신위를 가일층

끌어올렸다.

쉭! 순식간에 뻗어나가는 창과 검, 그리고 칼이다. 그 모든 공격이 치명타로 적용하기 시작했다.

끄아악……!

마치 가래가 끓는 괴성이 정면에서 울리자, 장팔의 미소가 확 일변했다.

"어디서 개 잡졸 새끼가……!"

슉슉!

쫘직!

한 번의 공방을 주고받고, 곧바로 승부를 결정짓는 장팔의 후속타가 터졌다.

도끼를 막고 움찔하는 마군의 옆구리에 그대로 주먹을 틀어박은 것이다. 가볍게 끊어 친 것 같지만, 실제는 삼류공 일류의 내력이 가득 담긴 주먹이다.

푸확!

순식간에 무인의 방어체계를 뚫고, 육체의 피부를 가르고 들어간 일류의 내력이 반대쪽을 튀어나왔다. 우윳빛 내력이 밖으로 나오고, 산화되고, 그 다음 사라졌다.

물론, 자신이 헤집고 나온 인간의 생명과 함께.

슥, 휙.

얼굴에 손을 대고 쭉 밀어버리는 장팔. 붕 뜬 죽은 이의 육체가 그대로 비천성의 성벽에서 떨어졌다.

장팔은 이미 그쪽에서 신경을 끊었다. 감이 알아서 알려주고 있었다.

'역시… 신기하단 말이지.'

알아서 딱딱 잡아주는 것 같은 이 기분, 대체 어떻게 설명해야 할까? 예전과는 다르다. 확실히 달랐다.

장팔의 삼륜공은 일, 이, 삼륜의 크기가 전부 엇비슷했다. 비천대 중 가장 큰 성장의 폭을 이룬 이가 바로 장팔을 비롯한 조장들이다. 괜히 조장이 아니었다. 재능, 노력, 성과가 있으니 조장인 것이다.

쭉! 희끗한 회색 그림자가 솟구쳤다. 픽! 소리와 함께 솟구치다 말고 푹 꺼졌다.

이미 장팔은 기감으로 마군이 올라오는 걸 느끼고 있었고, 신형을 폭사시켜 뒤로 건너뛰려 하는 것도 알고 있었다. 그래서 기척을 숨겼고, 올라오는 순간 역공을 가한 것이다.

정말 막기 힘들게도… 벽만 보이던 시야가 트이면서 성벽 위의 모습이 보이기 시작한 딱 그때 말이다. 알고 있어도 막기 힘든 공격이었다.

휘릭!

장팔의 신형이 한 바퀴 돌았다. 그리고 손에 들린 도끼가 그대로 부챗살처럼 펴졌다. 쩌엉! 서걱! 그 옆으로 올라오는 마군의 무기를 부수고, 그대로 손목을 날려 버리는 장팔의 일격이다.

"어딜 감히⋯⋯."

으득!

그그극! 푹!

장팔의 이가 갈리면서 흉신악살처럼 일그러졌다. 이를 간 그 다음, 날카로운 통증이 등 한복판에서 번지기 시작했다.

신묘한 일류의 방어를 뚫고 들어온 암기였다.

"흐흡!"

그 암기를 근육이 수축한 다음, 쭉 밀어냈다. 일류의 내력을 깨느라 거의 힘을 소진했기에 거의 피륙에만 박히고 끝났다.

만약 일류이 없었다면? 아마 신체 깊숙이 뚫고 들어왔을 것이다. 삼류공의 존재는 비천대를 한층 성장시켰다.

정신적, 육체적으로 전부.

휙!

쾅!

몸을 다시 회전시키는 장팔. 그의 도끼가 벼락처럼 떨어졌고, 마군의 무기와 만나며 거대한 소리를 만들어냈다.

참마도를 들고 있는 마군을 보며, 장팔의 얼굴이 다시 사납게 일그러졌다. 참마도의 걸린 붉은 수실을 본 탓이었다.

지금까지 겪어본 바, 황색 수실은 별 볼 일이 없다. 노란 수실은 강호무인으로 따지면 일류의 무인이다. 마녀의 군세 전체 삼분지 이가 이 노란 수실의 마졸들이다.

그럼 붉은 수실은?

절정의 초입으로 분류되는 백색 수실 그 다음이다. 경지로 나누면 절정의 중상, 혹은 끝줄이다.

결코 만만한 놈이 아니었다. 하긴, 그랬으니 그의 진신내력인 비원공력을 바탕으로 재탄생된 삼륜공의 내력을 막아냈을 것이다.

장팔의 경지는 높다.

소수의 전승자가 이끄는 마녀의 군세가 이 성을 포위할 때만 해도 절정의 중급이었지만, 이제는 못해도 백면이나 남궁유청의 경지에 다다른 장팔이다.

으득!

이가 갈리는 처절한 공성전을 통한 성장이었다.

"또 만났네? 이 시발새끼야!"

장팔의 입에서 욕설이 담긴 포효가 터졌다. 장팔은 이 참마도의 무인과 구면이었다.

이자가 모습을 드러낸 건 공성전이 시작되고 이십여 일이 지나고 나서였다.

무리 없이 비천성의 위용으로 막아내던 공성전이, 이자와 같은 붉은 수실의 마군이 모습을 드러내자 조금씩 변하기 시작했다.

절정 중상, 혹은 벽 근처에 있는 마군들은 역시 차원이 달랐다.

일격이 숨통을 끊을 듯 날카로웠고, 조금만 틈을 허용하는 순간 내 목숨을 반납해야 하는 상황에 처하게 된다. 그런 위험한 적이 바로 이자와 같은 붉은 수실의 마군들이다. 극히 조심해야 할 자들이다.

장팔은 이자를 등장 첫날에 만났다. 그리고 수없이 많이 만났지만 결착을 내지 못했었다.

붉은 수실의 마군, 참마도군은 그만큼 강자였다.

"윤복!"

"네!"

게다가 자존심 상하지만, 혼자 막아낼 수 있는 상대도 아니었다. 냉정하게 파악하자면 장팔보다 한두 수 윗줄이었다.

이 차이는 별것 아닌 것 같지만 절정의 영역에서 한두 수 윗줄은 정말 큰 차이였다.

그래서 혼자가 아닌 최소 둘로 상대해야 했다.

윤복이 장팔의 부름에 즉각 상대를 떨쳐냈다. 거대한 그의 칼이 서걱! 풍차처럼 돌며 목을 베어냈다. 그 후 상대가 허물어지는 것도 보지 않고 그대로 몸을 돌려 장팔이 있는 쪽으로 신형을 날렸다.

거대한 참마도가 하늘 높이 떠오른다.

"큭! 또 그거냐!"

정말 단순무식한 양단 공격. 하늘 높이 올라간 참마도가 고요하게 멈췄다. 그 순간 장팔의 신형이 전방으로 폭사됐다.

이미 당해본 공격이다. 일단 떨어지기 시작하면 답이 없었다. 최초 저 공격에 어깨가 진짜 쪼개질 뻔했다.

일류가 없었다면 진짜 어깻죽지부터 그대로 잘려 나갔을 것이다.

속도, 그리고 그 속도에 어울리는 파괴력까지 두루 갖춘 공격이다. 하지만 이 공격을 절대 시작되게 하면 안 되는 이유는 따로 있다.

간단하면서도 무식한 참격 뒤, 곧바로 연환식이 펼쳐진다. 거대한 참마도가 마치 물속을 유영하는 물고기처럼 너무나 부드럽게 흘러 숨통을 노려온다.

기세도 굉장하다.

유들유들하다고 그 안에 담긴 파괴력까지 유들유들한 건 절대 아니었다.

장팔은 지금도 이렇게 생각한다. 그 끊어지지 않는, 멈춰지지 않는 연환격을 피한 것은 정말 천운이었다고. 아니, 대주가 직접 도와주지 않았다면 못 피했을지도 몰랐다.

그래서 저 연환격의 시작인 참격은 반드시 막아야 했다. 그러나 이미 참격의 끝이 흔들거렸다. 저것도 안다. 공격의 시작을 알리는 신호다.

장팔은 즉각 손에 들린 도끼를 뿌렸다.

텅!

내려오기 시작하는 참마도. 어느새 중단까지 쪼개오고 있었다. 그 참마도에 실린 거력 앞에 도끼가 튕겨 나갔다. 손잡이가 전부 박살 난 채로.

"큭! 윤복, 빠져!"

"네!"

뒤에 있던 윤복의 신형이 참마도의 공간에서 빠져나갔다. 족히 장팔만 한 참마도다. 거의 창에 버금가는 길이다. 중장병. 그러니 그 권역은 정말 어마어마하다. 한 발 한 발 움직일 때마다 그 권역이 미친 듯이 요동쳤다.

들쑥날쑥, 장팔의 몸을 짓이길 듯 다가오다가도 도로 멀어져 갔다.

빌어먹을! 장팔의 입에서 욕지기가 흘러나왔다. 보는 순간 쳤어야 되는데… 아주 잠시 틈을 허용한 게 치명적 독으로 작용하기 시작했다.

그 옛날 당가의 절독이었으나, 그 지독함 때문에 당가 스스로 폐기한 칠보단장(七步斷腸) 만큼이나 치명적이었다.

꿈틀!

하단, 중단, 상단의 내기가 미친 듯이 요동쳤다.

삑삑삑! 거리면서 신호를 보내왔다. 뇌리로. 그 신호에 장팔은 즉각 반응했다. 경험상… 이런 신호가 올 때는.

슈악!

젖혀지는 장팔의 허리.

쉭.

그 위를 스쳐 지나가는 참마도.

불시의 공격이 들어온다는 것을 장팔은 경험상 알고 있었다. 장팔의 신형이 뒤로 쭉쭉 물러났다. 퉁퉁 뛰어 거리를 벌렸는데, 장팔의 시선 속 참마도군은 결코 멀리 있지 않았다. 어느새 그도 장팔을 따라 들어온 것이다.

"윤복! 검을!"

"네!"

쉬악!

윤복의 검이 즉각 장팔에게 빙글 돌며 날았다.

그의 애병인 사모창이 수십 차례의 공성전을 통해 박살 난 게 얼마 전이었다. 삼륜공의 내력은 물론 참마도군의 내력을 버티지 못한 것이다.

대주의 친우인 야장이 무기를 제조하고 있지만 단시간 안에 단단한 무기는 나오지 않았다. 게다가 그의 부친이 함께

돕고 있지만 비천성의 쇠는 거의 소진되어 있었다. 따로 통로를 통해 쇠를 들여오지 않는 이상 조만간 무기는 다 떨어질 것이다.

암담한 현실이다.

착!

검병을 정확히 잡아 챈 장팔이 그대로 물러나며 발을 꼬았다. 꼬아진 발에 상하체가 비틀리고, 비틀렸던 상하체가 회전 직후 다시금 자연스럽게 펴졌다. 그에 회전력이 육체에 깃들었다.

장팔의 손에 잡힌 대검이 그대로 회전력을 받아 뻗어졌다. 순식간에 돌아간 대검이 참마도군의 얼굴을 노렸다.

텅……!

참마도의 옆면이 어느새 대검을 막았고, 웅웅거리는 이명을 만들어냈다.

그가각! 삼류의 내력이 대검을 파고들려 했다. 그러나 참마도군의 내력도 만만치 않았다. 아니, 장팔의 내력보다 위였다.

파삭!

삼류의 내력이 참마도군의 도날 위에서 흩어졌다. 단순히 떨쳐 내려는 동작에 맥없이 사라지는 걸 보고 장팔의 얼굴이 굳어갔다. 전세가 좋지 않다.

삑! 삐이이익!

짧은 호각이 한 번, 긴 호각이 한 번 울렸다. 참마도군이 움직이려다 멈칫했다.

그 호각 소리, 장팔도 수십 번이나 들었던 소리다. 성벽 위 병력에게 퇴각을 알리는 호각이었다. 그것도 붉은 수실의 마군들은 절대적으로 퇴각하는.

소수의 전승자의 명령은 이곳, 산동에 있는 마녀의 군세에선 절대적이었다. 여태껏 단 한 번도 명령에 불복종하는 이를 본 적이 없었다.

참마도군이 장팔을 잠시 보더니, 몸을 뒤로 날렸다. 퉁! 하고 떠오른 몸이 성벽 아래로 꺼지듯이 사라졌다.

"빌어먹을……."

그걸 보며 장팔은 역시 욕지기를 내뱉을 수밖에 없었다. 벌써 이게 몇 번째인지 셀 수가 없었다.

전투가 시작되고 일각도 흐르기 전 언제나 퇴각한다. 절대로 그 이상을 머문 적이 없었다.

이유? 이유야 안다. 군사가 얘기해 줬으니까.

비천대의 조장들을 묶어 놓기 위한 수단이다. 장팔에게만 참마도군이 붙은 게 아니었다. 다른 쪽에도 참마도군에 비해 결코 떨어지지 않는 마군들이 달라붙었다.

조장들이 묶여 있는 동안 비천대, 그리고 제갈세가의 병력에 피해를 입히기 위해서였다. 절정을 모조리 넘은 비천대의 조장들보단 제갈세가의 금검, 은검수들과 일반 비천대원을 상대하기 더 쉽기 때문이다.

"피해 계산해라."

"네."

장팔의 말에 김연호와 연경이 답하고 물러났다.

공성전, 한 번 제대로 불이 붙은 전투가 벌어지면 피해는 필연적이다. 아무런 피해도 없이 적을 물리치고 싶은 마음이야 굴뚝같다.

그럴 능력이 충분히 있는 비천대고, 군사 천리통혜가 함께 있다. 하지만… 적의 수준이 그걸 허락지 않는다.

소수의 전승자.

그녀의 무력은 오직, 무린만 상대가 가능했다. 그렇기 때문에 무린은 언제나 전투에 제대로 참여할 수가 없었다. 최상의 몸 상태여야 상대가 가능한 게 소수의 전승자니까.

그러니 전투가 벌어지면 막는 건 비천대, 그리고 제갈세가 무인들의 몫이었다.

수십 번의 공성전.

피해는 계속해서 가랑비에 옷 젖듯이 누적되어 갔다.

"대주……."

장팔은 성벽 밖에 있는 무린을 봤다.

무린의 주변은 초토화다.

성문 앞에 다리 끝, 그 옛날 장판파에서 조조의 대군을 막아섰다던 장비처럼 위용이 넘쳤다.

양손에 꼬나 쥔 창. 적색과 청색의 극명한 대비를 이루고 있는 창이다. 우중충한 하늘이라 그런지, 무광의 창의 소재 때문인지, 무린의 새로 얻은 창은 지독히 암울해 보였다. 그리고 무린의 뒷모습도.

푸르스름한… 아니. 이제는 거의 진청으로 변한 무린의 머리색이 창과는 대비되어 빛났다. 언제부턴가 무린의 머리색이 변했다.

공성이 시작하고 며칠 지났을 때부터였나? 소수의 전승자와 하루에 한 번씩 매번 지금 서 있는 저곳에서 싸운 무린이다.

단순 비무가 아닌, 생사결이다.

길게 싸울 때는 거의 반나절을 싸우기도 하고, 짧을 때는 한 시진 정도를 싸웠다. 그렇게 싸우는 시간이 길어질수록 무린의 머리색이 번했다. 처음에는 정말 푸르스름했다. 하지만 지금은 완연한 진청이다.

모두가 무린의 비천신기 때문일 것이라 예상했다. 무린도 질문에 그런 것 같다고 대답했다. 자세한 언급은 피했지만, 별로 얘기를 하고 싶어 하는 기색은 아니었다.

그런 무린의 앞에 소수의 전승자가 있다.

오늘도 어김없이 소수의 전승자와 무린은 대결을 벌였다. 천지가 진동하고, 온 사방이 초토화될 정도로 무시무시한 전투였다.

반 시진 정도가 지나고 마녀의 군세가 움직였고, 전투는 한 시진 가까이 이어졌다.

그리고 지금… 백 일째 되는 날의 공성이 끝나가고 있었다.

"조장."

"보고해."

"비천대원의 오늘 피해는 전무합니다."

"그래, 후우. 다행이군."

비천대는 눈부신 성장을 이루었다. 정말 말 그대로 눈부시게 탈바꿈했다. 달라도 너무 달라졌다. 전투가 한두 번 반복될 때마다, 비천대가 익힌 삼류공은 가히 급속이라 표현해도 좋을 정도로 성장했다.

무린이 그랬던 것처럼 정말 빠르게 성장의 폭을 넓혀갔고, 지금은 대원들 중 삼분지 이가 절정의 문을 넘었다.

하지만 그래도 피해는 있을 수밖에 없었다.

하루에 전사자가 있을 때도, 없을 때도 있었다. 비천대는 이런 쪽으로는 진짜 전문가들이니까. 하지만 한 명의 전사도 지금 비천대에게는 정말 뼈아픈 일이었다.

인원 부족.

안 그래도 인원이 너무 부족해 벌써 두 자리 수에 들었다.

"제갈세가의 피해는 만만치 않습니다. 사망자가 약 스물 가까이 됩니다."

"……."

제갈세가는 무너졌다.

본가가 있는 태산은 완전히 불에 타버렸다. 산 자체가 완전히 연소됐다고 해도 과언은 아닐 것이다.

그 거대한 산을 태우는 방법, 당연히 아주 특수한 방법이 동원됐을 것이다. 이는 군사인 무혜도 고개를 저었다. 그녀도 모르는 것이다.

어쨌든 태산은 완전히 끝장났고, 제갈세가도 작살났지만 병력의 피해는 없었다.

미리 예견한 천리통혜가 문인에게 알렸고, 야밤의 탈주극을 벌였다. 목적지는 이곳, 비천성이었다. 비천성은 제갈세가의 인원들을 충분히 수용할 수 있었다.

그렇게 제갈세과 비천대가 하나로 묶였다.

툼.

장팔의 눈에 보이던 소수의 전승자가 뒤로 물러났다. 가볍게 뛴 것 같은데, 무린에게서 십 장 이상이나 멀어졌다.

무린도 뒤로 물러났다.

두 사람의 전투가 끝난 다는 건, 오늘의 전투도 끝났다는 뜻이다. 소수의 전승자의 모습이 흐릿해지고, 무린의 모습도 흐릿해졌다.

무린의 신형은 어느새 벽을 쭉쭉 타고 올라와 그 위에 섰다. 장팔은 바로 무린에게 다가갔다.

"대주, 수고하셨습니다."

"……."

대답 대신 가볍게 고개만 끄덕이는 무린이다.

요즘 들어 부쩍 말수가 준 무린은 말보다는 행동으로 의사 표현을 할 때가 많았다. 뭔가 심경의 변화가 온 같아 불안했지만, 그 반대로 무린의 무력은 나날이 높아져 갔다.

"피해는?"

"비천대 전무, 제갈세가 은검수 이십입니다."

"……."

끄덕, 무린의 신형이 사라졌다.

장팔은 뭐라 더 할 말이 있었지만, 이미 사라졌기에 하지 못했다. 그래서 그 말은 가슴속에 담았다.

"정리하자!"

네!

전투는 끝났다.

하지만 정리가 끝나야 온전히 전부 끝나는 법이다. 장팔의 명령에 비천대, 제갈세가 검수들이 천천히 움직이기 시작했다.

그 움직임에 역동적인 힘은 없었다. 어딘가 부자연스럽고, 삐거덕거리는 불쾌한 느낌이 행동들에 담겨 있었다.

"후우……."

장팔은 한숨을 쉴 수밖에 없었다.

전투 개시 후 백 일.

뭐라 꼬집어서 설명할 수 없지만… 장팔이 보기엔 최악의 상황이었다.

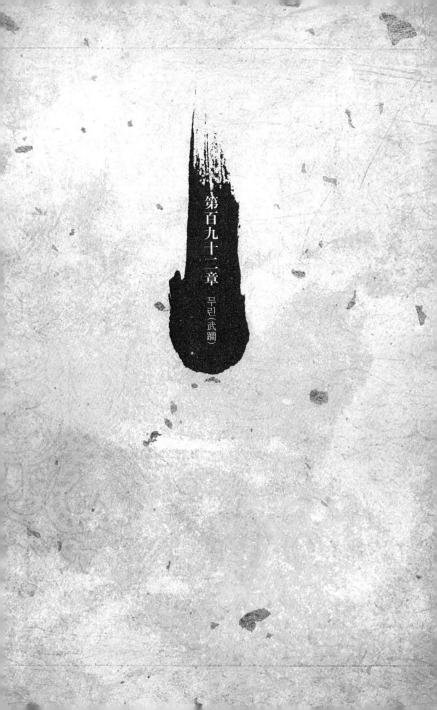

第百九十二章 무림(武躪)

귀환병사

전투가 끝난 직후, 무린은 다시 산 정상으로 향했다. 산 정상에 도착한 무린은 숲 중앙에 자리 잡았다. 즉각 관조에 들어갔다.

무린은 최근 자신에게 이상한 일이 벌어지고 있다는 것을 알고 있었다.

머리색이 천천히 푸르게 물들어갈 때부터 말이다.

비천신기를 쓰면 쓸수록 변했다.

비천, 푸른 하늘을 상징하는 색으로 말이다. 하지만 무린은 알고 있었다.

머리색이 푸르게 물드는 게 비천이란 단어처럼 하늘을 닮아서가 아니라, 정반대로 저 멀리 바다의 푸르름을 닮아 변해가고 있다는 것을 말이다.

꿈을 꿨다.

선단.

아니, 함대라고 해야 할까?

전투형 선박들이 보이고, 그 가장 첫 번째 자리를 차지하는 기함의 지휘석에 자신이 있었다. 꿈은 거기서 끝났다.

그리고 몇 번이나 반복해서 꿨다.

'아니, 꿈이라고 할 수도 없지. 너무 현실적이었으니까⋯⋯.'

자각몽?

아니다. 그것보다 몇 배는 생동감이 있었다. 옆에 있던 동료들의 대화는 물론, 볼과 머리카락을 스쳐 가는 바람의 감촉, 온도, 후각으로 느껴지던 짭쪼름한 바다냄새 등등, 이건 아예 직접 겪은 것처럼 생생했다.

자신이 겪었던 경험, 그런 경험이 머릿속에서 자다 이내 떠오른 것 같은 기분이다. 너무나 생동감이 있어 소름이 돋을 지경이었다.

그리고 누구에게도 말하지 못했다. 미친놈 취급 받을까 봐 말이다.

그러니 혼자 생각하는 무린이다.

매번 혼자 생각하지만, 명확한 답을 내린 것은 몇 개 없었다.

'절대 이곳은 아니야.'

배, 함선이라고 부르는 전투함들의 외형적 모습이 이곳의 방식과는 너무 달랐다.

달라도 너무 달라, 무린도 태어나 단 한 번도 본 적이 없는 형태와 구조로 이루어져 움직이고 있었다. 그러면서도 이곳 중원의 전투함들보다 기동력, 선회 능력이 뛰어났다. 포격의 사정거리도 마찬가지였다.

특수한 방법이 가미된 건지 아예 수평선 너머 날아갈 기세였다. 그런 것들을 보면서, 무린은 절대 중원은 아닐 거라는 판단을 내렸다.

"후우……."

한숨이 나왔다.

답답하니 점차 말수가 줄어들었다.

한차례 관조가 끝났다.

비천신기에서 잡히는 문제는 없었다. 예전에 한 번 비천신기가 갑자기 날뛴 적이 있었다. 그때부터 머리색이 변했다. 이후 무린은 전투를 끝마치면 꼭 이곳에 와서 관조를 통해 비천신기에 이상이 있는지 없는지를 확인했다.

잠잠히 자신의 통제하에 움직이는 비천신기.

다시 두어 차례 관조를 통해 내력을 움직인 무린은 숲에서 벗어났다.

무린은 집으로 돌아가 말끔히 몸을 씻었다. 씻고 나니 어느새 뒤에 어머니가 갈아입을 의복을 들고 서 계셨다.

"몸은 어떠니."

"괜찮습니다."

음의 높낮이가 거의 없어 무감정해 보이는 질문이지만, 무린은 그 안에 담긴 걱정을 읽을 수 있었다. 제아무리 호연화가 강철 같은 심정을 지녔다고 해도 매일 하루 한 번씩 전투에 나서는 무린을 걱정 안 할 수가 없었다.

"좀 전 무혜가 내려갔다."

"예, 가서 이야기 마치고 같이 오겠습니다."

"그러렴. 저녁은 내가 준비하마."

"예."

요즘 저녁을 짓는 것은 전부 호연화의 몫이었다. 무혜는 바빴다. 무월도 요즘 정심을 도와 부상자를 돌보느라 눈코 뜰 세가 없었다.

단문영은 약재 창고에 아예 틀어박혔다.

독은 물론 정심의 부탁으로 내상약, 외상약을 만들고 있었다. 그녀의 약 제조는 정심에 비교해도 결코 떨어지지 않았다.

물론 환자 자체를 치료하는 것은 정심에게 비교도 안 됐지만 그것만으로도 충분히 큰 도움이 되고 있었다.

"다녀오세요, 가가."

"……."

어느새 호연화는 들어갔고, 려가 무린을 향해 인사했다. 무린은 입을 열어 대답하지는 않았지만 고개를 끄덕여 줬다.

그날 이후 많이 변했다.

려의 표정에는 한결 여유가 있었다. 그녀를 조급하게 하던 것들이 사라진 것이다.

물론, 다른 걱정과 바꿔서.

이제는 직접적으로 무린의 목숨이 매일 위협당하는 상황이다. 그러나 그녀는 그런 자신의 속내를 절대 무린 앞에서는 내색하지 않았다.

절대, 정말 절대로 말이다. 하지만 무린은 알고 있으면서 그 부분은 건드리지 않았다.

려의 배웅을 받으며 집을 나선 무린은 외성으로 나갔다. 항상 모이던 장소로 가자 역시 전부가 모여 있었다.

제갈가의 인물들이 자리의 반을 차지하고 있었고, 나머지는 비천대의 인물들이 차지하고 있었다. 그런데 한 명 보이지 않는 인물이 있었다.

"장팔은?"

자리에 앉으며 무린이 묻자.

"아직 성벽 정리 중입니다."

"그래."

무혜의 대답에 무린이 수긍하자, 무혜가 하루 동안 정리한 정보를 전달했다. 첫 번째는… 산동성의 상황이다.

"제남성은 여전히 버텨주고 있습니다. 곡부와 추성을 방어하던 연합군은… 궤멸했습니다."

그다지 길지도 않은 정보의 전달.

"……"

"……"

하지만 모두가 침묵했다.

곡부, 추성.

두 곳 다 요충지였다.

산동성에서 제남성과 태산현을 제외한 최대 요충지. 그곳은 고립당한 제갈세가와 황보세가를 뺀 나머지 산동성 무인들이 연합해 지키고 있었다. 물론, 치고 빠지는 전략을 이미 무혜가 전달했었다. 비천대의 군사 천리통혜의 이름으로.

그 전략은 수용됐고, 산동연합군은 무혜의 전략에 맞춰 움직였다. 하지만… 이제 그것도 끝났다.

궤멸의 소식이 온 것이다.

"적의 선봉에는 구화검이 있었습니다. 그의 손에 일진광풍 대협이 전사하셨다고 합니다."

"허어, 그 친구가……."

제갈세가의 대표로 앉아 있는 문인의 입에서 허탈한 신음성과 함께 안타까운 목소리가 흘러나왔다.

일진광풍(一陣狂風), 황풍.

산동제일검이 누구냐 묻는다면 모두가 제갈가의 한천검이라 할 것이다. 하지만 산동제일의 무인이 누구냐 묻는다면… 주저 없이 그를 말할 것이다.

황풍대협.

불의를 참지 못하며, 의를 중요시하는 정도의 거목이다.

그를 뜻하는 수식어라 할 수 있는 일진광풍이라는 단어에 정말 모든 설명이 들어가 있었다. 사마를 절대로 용납하지 못하며, 불의 또한 그냥 넘기지 못하니 그의 눈에 비도덕, 비윤리적 행위가 보여진다면 한바탕 사나운 광풍이 불어닥친다.

산동성의 정기를 수호하던 무인이 바로 일진광풍 황풍 대협이다.

그런 그가 죽었다.

구화검의 손에.

'장백······.'

무린은 안다.

구화의 전승자가 누구인지.

이장백.

전역 후 처음 동생으로 삼은 녀석이다. 그런 그가… 무린이 다시 북방으로 떠나고 난 후 구화의 전승자가 되어 돌아왔다.

누구의 짓인지, 안 봐도 명명백백했다.

마녀.

그녀가 아니면 장백을 단 한두 해만에 탈바꿈시킬 수 있는 인물은 온 세상을 뒤져도 없을 것이다.

이러한 사실을 무린은 이미 전달했다. 모두의 시선이 무린을 향해 왔다.

구화검이 장백이니, 무린과 연이 깊던 것을 떠올리고 본능적으로 시선을 옮긴 것이다. 그러나 무린은 꿈쩍도 하지 않았다.

그 정도에 흔들릴 무린이 아니었다.

무린이다.

공과 사는 매우 엄격하게 구분하는.

구화검은 적이다.

따라서 이장백도 적이다. 이는 불변의 법칙이 되어버린 것이다. 이제 둘 중 하나가 죽는 그날까지, 혹은 장백이 마녀의 곁을 완전히 떠나 무린의 곁으로 오기 전까지는 절대로 변하지 않을 것이다.

"구화검은 내가 맡겠다. 제남은 어떻지?"

"제남도… 겨우겨우 버티고 있습니다. 마녀 군세의 파상공격이 만만치 않고, 애초에 황보세가 자체가 공성에 유리한 곳이 아닙니다."

"……."

그럴 것 같았다.

여태 버틴 것도 기적일 것이다. 황보악. 혹은 명왕공이라 불리는 그가 없었다면 제남 또한 마녀의 군세에 그냥 떨어졌을 것이다.

당금 천하는… 개판이다.

진짜 마녀의 군세로 개판이다.

천하각지에서 마녀의 군세가 붉은 군기를 들고 일어섰다. 최초 아무것도 모르는 자들은 어휴, 또 어디서 사리분별 못하는 사교가 일어섰다고 생각했다.

거의 대다수가 그렇게 생각했다. 하지만 그 생각이 변하는 데까지는 단 일주야도 걸리지 않았다.

최초, 곤륜의 멸문지화 소식이 전 중원에 퍼졌다.

군중들은 믿지 않았다.

전 중원을 돌며 민생을 살피는 곤륜의 도사들은 매우 유명하다.

굶주린 이들에게는 굶주림을 해결할 수 있는 방안을 살펴주고, 강도를 당한 이에게는 그 범인을 잡아주고, 도둑질을 당한 이에게는 그 훔친 물건을 되찾아주는 곤륜의 도사들.

그러면서 그 어떠한 대가도 받지 않는다.

곤륜의 도사는 전 중원의 민생에게 존경받는다. 그렇기 때문에 그들의 수준도 사실 잘 알려져 있다.

구파의 일익을 언제든 맡을 수 있는 저력을 가진 곳이 바로 곤륜이다. 그런 곤륜의 멸문지화 소식은 전 중원을 들끓게 만들었다.

이 소식은 굉장히 빨리 퍼졌다. 곤륜이 참극을 당하고 그 소식이 중원 한복판까지 들어오는 데 일주일도 걸리지 않았다.

사기의 저하를 노린 일이 분명했다.

고개를 갸웃거리는 이들도 있지만, 생각이 트여 있는 이들은 어떻게 그리 소문이 빨리 퍼졌는지를 눈치챘다.

하오문.

그들이 나선 것이다.

그때부터 붉은 기의 군세가 심상치 않다는 것을 깨닫기 시작했다. 하오문이 나섰기 때문이었다.

정마대전은 물론 북원과 대명의 전쟁에도 하오문이 개입하고 있었다. 그런 상황에 하오문이 개입하는 또 다른 세력이 있다?

이건 결코 가볍지 않았다.

이때 두 번째 소식, 포달랍궁의 멸문소식이 알려졌다.

흉수는 바로 지척에 개파를 한 신비검문(新飛劍門)이다. 오직 여인들로만 이루어진 신비검문은 어느 날 대낮에 당당히 문을 박차고 나와 포달랍궁을 방문, 그대로 지워 버렸다.

생존자… 전무.

모조리 죽인 것이다.

정말 개미 새끼 한 마리 남기지 않고 밟아 죽였다는 말이 무엇인지 아주 잘 보여줬다. 여인의 성정으로는 하기 힘든 일이 벌어졌고, 스스로 붉은 군기를 세우고 움직였으니 중원 곳곳에서 일어난 이들과 같은 세력이라는 것은 금방 알 수 있었다.

신비검문을 포달랍궁의 정문에 딱 한 글자를 남겼다.

한(恨).

여인들의 한, 오뉴월에도 서리가 내리게 한다는 그 한을 당당히 적어 놓고… 신비검문은 랍살의 모든 문파를 지웠다.

대놓고 피의 보보를 걷기 시작한 것이다.

그렇게 두 번째 신비검문의 행보를 시작으로 붉은 기의 군세가 움직였다. 각 지역에서 일어난 곳을 기점으로 주변 모든 문파, 무관, 표국, 상단 등등, 무력을 갖춘 단체를 향해 맹목적인 공격을 감행했다.

그 안에는… 군도 포함되어 있었다.

강호는 물론, 국가조차 적으로 돌리는 행동이었다.

미쳤다고 했다.

절대로 못 이길 거라고 했다.

모두가 그렇게 생각했다.

그러나 그 생각도 잘못된 거라는 걸 깨닫는 데 오래 걸리지 않았다. 이윽고 밝혀진 마녀의 군세, 마군을 막는 단체는 극소수였다.

안휘성에서는 오직 남궁세가만이 처절하게 대항했고, 산동성에서는 제남의 황보세가, 태산의 제갈가, 비천대만이 제대로 저항하고 있었다.

하남은 소림이 봉문을 풀었다. 소림이 나한승들이 나서 마녀의 군세를 막아갔다. 어처구니가 없는 건… 일진일퇴를 소림의 나한승들이 반복한다는 점.

이런 식이었다.

섬서? 화산 빼고 모조리 쓸렸다.

이런 식이고.

호북도 오직 무당만 살아남았다.

이런 식이니까……

살아남은 수가 정말 극소수일 수밖에 없던 것이다.

"황제 폐하는?"

"산해관을 겨우 넘으셨다 합니다. 산해관… 너머로 피신하실 듯합니다."

"…미치겠군."

침묵 뒤, 무린이 내놓은 평이다.

결국 신궁전마저 무너졌다.

"오천의 일류무인, 기백의 절정무인. 탈각 무인 둘. 제아무리 금위위와 동창이라도 막기 힘든 전력입니다."

"그렇겠지."

담담이 말하지만, 내용은 결코 담담한 내용이 아니다. 신궁전을 공격한 병력의 수이며, 질이다. 오직 북경 신궁전만 공격한 마녀의 군세가 저렇다.

무려… 일류무인 오천에, 기백의 절정무인, 그리고 탈각 무인 둘.

탈각 무인 하나만 있어도 한 성을 휘젓고 다닐 수 있는데 무려 둘이다. 강신단주의 경지는 아마 탈각지경이라 예상되지만, 하나가 아니라 둘이라면 얘기가 달라진다. 강신단주가 그 둘에게 잡히게 되면, 겨우 강신단과 금위위, 동창만으로 나머지를 막아야 하는 것이다.

북경 자체의 수비군?

일류 무인 오천이라고 했다. 이들이면 수만의 병력도 그냥 썰어버릴 것이다. 게다가 은밀했을 것이다.

어느 순간 슥 나타나 수도방위군을 그대로 썰어버렸을 것이다. 야심한 밤을 틈타 말이다. 막기 극히 힘들 것이란 게 예상이 간다.

그도 그럴 게, 복마전이라 불리는 북경에서 숨을 죽이고 있던 이들이다. 분명 아주 특별한 기예를 익히고 있을 것이다.

그런 자들이 어느 한날을 기점으로 살수로 변하게 되면? 어떤 일이 벌어질까? 이미 그 일은 실제 벌어졌다.

정월의 대보름이 뜬 날.

북경에서 수만의 수급이 떨어졌다. 아니, 생겼다. 농담이 아니다. 진짜 수만의 수도방위군의 수급이… 그들의 막사에 굴러다녔다.

북경의 수도방위군은 그날 새벽에 전멸했다.

그래도 신궁전은 버텼지만, 세 달을 넘기지 못하고 패퇴했다. 선덕제는 북으로 피신했다. 강신단주와 강신단 덕분이었다.

물론 그 뒤를 지키느라… 금위위는 전멸, 동창은 소수만 겨우 살아남아 산해관을 넘었지만 말이다.

이게 당금 천하다.

간추려 말해도 이 정도.

더 자세히 설명하면… 정말 처참함밖에 남지 않는다. 마녀의 말은 결코 허언이 아니었다. 무의 말살계? 진심이다.

진심으로 검을 쥐었던 이들을 모조리 도륙하고 있었다.

"최악이군."

"밖은… 지옥입니다."

무린의 말에 무혜가 그녀답지 않게 말을 끌었다. 그녀는 정보를 받아본다. 아마 장난 아닐 것이다. 정보는 문자로 이루어져 있지만, 그걸 조합하면 필연적으로 상상을 불러일으키게 할 것이다.

어떤 상상이 떠오를까?

좋은 게 떠오를까?

'힘 내거라. 혜야.'

무린은 속으로 무린을 응원했다. 이제는 진짜 끝에 와 있다. 자신도 슬슬 한계점에 몰리고 있지만 그건 비천대는 물론, 제갈세가, 그리고 무혜도 마찬가지일 것이다.

그러나 이 부분은 무린은 스스로 이겨내야 할 부분이라고 생각했다. 정신적 압박은 분명히 온다. 그걸 이겨내지 못하면…….

'그땐 어쩔 수 없지.'

군사 자리 박탈이다.

지금도 압박은 마찬가지일 것이다.

무려 백 일이다. 백 일간이나 비천성에 갇혀 있었다. 최초 생각했던 것은 모조리 박살 났다. 들불처럼 일어난 마녀의 군세가 비천성을 감싸 버렸다. 소향은 할 일이 많아 바로 빠져나갔지만, 비천대는 그러지 못했다. 비천대의 가족들이 이곳에 있었기 때문이다.

그래서 방법을 생각해 내야 했다. 비천성을 버리더라도 안전하게 비천대의 가족을 이주시켜야 했으니까.

전장에 참여하게 만들면 안 되니까.

하지만 그게 늦어버렸다.

제갈세가의 패퇴.

제갈가주의 전사.

등등 악재가 마구 겹쳤다.

상황은 비천대가 비천성을 벗어나는 걸 허락하지 않았다. 그렇게 시작된 공성전은 어느새… 백 일이 지날 때까지 계속되고 있었다.

상황은… 단언한다.

최악이었다.

그러니 무혜가 받는 심리적 압박은 정말 엄청날 것이다. 골이 지끈거리다 못해, 깨질 정도일 것이다. 숨도 못 쉴 정도일 수도 있었다. 그녀가 내린 선택이 잘못되는 순간, 비천성 자체의 운명이 결정되기 때문이다.

그러나 무린은 여기서 독해졌다.

오히려 다독여도 부족하지 않을 시점이지만, 무린은 반대로 행했다. 이겨내야만 했다. 무혜는 이 심리적 압박을 반드시 이겨내야 했다.

그녀가 이겨내지 못하면 향후 희망이 보이지 않을 것이라는 걸 무린은 어렴풋이 깨달았고, 그 때문에 이리 독하게 나가고 있었다.

'나도 힘 낼 테니, 너도 반드시 이겨내라.'

그래서 무린은 속으로만 무혜를 응원했다.

반대로 겉으로는.

"군사, 이 상황을 타개할 방법은?"

"……."

매정하게 몰아붙였다.

대답하지 않는 무혜를 무린은 냉정하게 굳은 눈빛으로 바라봤다.

머리색이 진청으로 변하면서, 마치 성격도 차갑게 변해 버렸다 생각할 정도로 무린의 말투는 서늘했다. 무혜는 금방 대답하지 못했다.

그게 당연한 일이지만,

"군사, 정신 차려라."

"예."

"네 손에, 네 머리에, 우리의 목숨이 걸렸다."

"예."

무린의 압박에 무혜는 대답했다.

여전히 음정의 높낮이가 일정했다. 흥분하지는 않았다는 뜻이다. 지켜보던 이들이 헛기침을 할 정도로 냉정한 말이다. 그에 무린의 정반대에 앉아 있던 인물이 나섰다.

"대주."

"예, 제갈가주님."

"그만하시게. 군사를 그리 몰아붙인다고 될 일이 아니라는 것을 알지 않나."

"죄송합니다."

"죄송할 것까지는 없고, 아직 여유가 있으니 좀 더 차분히 생각해 보자는 게야."

"예, 제갈가주님."

제갈세가의 가주는 전사했다.

그 자리를… 문인이 이어 받았다.

그래서 무린은 공적인 자리에서는 문인을 제갈세가주로 대했다. 즉, 동등한 입장이었다. 다만 존대만은 잊지 않았다.

"늦었습니다."

장팔이 들어왔다.

그 옆으로 흰 천을 칭칭 감은… 김연호가 들어왔다. 왜? 무린의 눈에 의문이 담겼다. 김연호, 전투가 끝났을 때까지만 해도 멀쩡했었다. 그런데 왜 천을 칭칭 감았는지 이해가 가지 않았다.

"기습입니다."

"……."

장팔의 그 말에, 무린의 눈동자 속에 새파란 불꽃이 즉각 튀어나왔다.

하지만 무린은 몸을 일으키지 않았다. 이미 두 사람이 이곳으로 왔다. 그렇다는 건 상황의 종료를 뜻했다.

설마 전투 중에 도망치지는 않았을 테니 말이다. 무린이 설명을 요구하는 눈빛으로 장팔을 봤다.

무린의 눈빛을 받은 장팔이 굳은 얼굴로 설명을 시작했다.

"정리를 끝내고 마지막으로 둘러볼 때였습니다. 갑자기 희끗한 그림자가 눈앞에 나타나더니 연호에게 칼을 휘둘렀습니다. 미처 반응하기도 힘들 정도로 빠른 공격이었습니다. 후우, 연호가 본능적으로 삼륜공을 돌리면서 몸을 뒤로 빼내지 않았다면 아마 대여섯 조각으로 썰려 버렸을 거라 생각됩니다."

"쾌검공. 인상착의는?"

"연호에게 공격을 하고 바로 도망쳤습니다. 마군의 진지로 복귀하는 검은 그림자를 두 눈으로 확인했습니다."

"음……."

무란의 인상이 그 순간 찌푸려졌다. 뇌리를 간질이는 불쾌감이 엄습했다. 장팔의 확인했다는 그 대목에서 말이다.

예전 북방에서 거의 두 달 가깝게 숨어 지내던 그때, 씻지 못해 불쾌한 냄새가 온몸을 진동하고, 그 냄새에 후각이 마비될 정도였을 때, 그때의 불쾌감이다. 가만히 듣고 있던 무혜의 입이 열렸다.

"성동격서."

"……."

"……."

네 글자로 이루어진 단어 하나에 모두의 인상이 팍 굳어갔다.

성동격서(聲東擊西). 동쪽에서 소리를 지르고, 서쪽을 치라는 고사성어다. 제갈가의 인물들이 이 말을 모를 리가 없고, 전장에서 잔뼈가 굵은 정도가 아니라 백전노장에 가까운 비천대도 당연히 저 말의 뜻을 알고 있었다.

무린은 무혜의 말에 답답함이 가시는 걸 느꼈다. 마비되었던 감각이 돌아왔다.

"목적은?"

"네 가지로 볼 수 있습니다. 요인 납치, 성문 개방, 군수물자의 전소. 그리고 암살입니다."

"성문 개방은 힘들다. 비천대가 철통같이 지키고 있어. 군수물자는 제갈가의 금검대가 맡고 있다. 그럼 남은 건 두 개군. 요인 납치. 그리고 암살. 군사, 어떤 것 같으냐."

"들어온 살수는 분명 하나일 겁니다. 비천성은 촘촘한 만큼 여럿이 움직이면 분명 걸립니다. 내성의 진입도 힘듭니다. 올라갈 방법이 없으니까요."

"그렇다면 내성의 인물이고, 목적도 이곳에 있겠군. 암살? 음… 하지만 이곳에 암살할 수 있는 이들이 있나?"

"제갈가주님 정도라면 몰라도, 그 이하라면 비효율입니다."

아주 담담하게 문인의 이름을 거론한다. 그에 제갈가의 인물들이 잠시 흠칫했지만, 그 이상 내색하지 않았다.

천리통혜. 제갈가의 현 가주인 문인의 제자인 무린의 동생이다. 그 스스로의 명성, 지혜도 제갈가의 학사들과 견주어 전혀 부족함이 없었다. 하지만 그보다 더 뛰어난 건 실전에서 그녀의 능력이다.

비천성을 백 일 동안 최소한의 피해만으로 지켜내고 있었다. 그녀의 현 발언권은 이곳에서 비천무제, 문야, 그 다음이다.

"비천대의 암살도 무 쓸모야. 그렇다고… 우리들 속에 설마 녹아들 생각도 아닐 테고. 역시 납치밖에 없나."

"그렇게 생각됩니다."

무혜도 수긍했다.

외성은 비천성에 소속된 이들이 아니라면 접근 불가다. 평소에는 아예 막아 놓는다. 비천대의 감각은 삼륜공으로 인해 더욱더 예리하게 벼려져 있는 상태였다. 웬만한 살수들은 근방으로 들어서는 즉시 그들의 감각에 잡힐 것이다.

그러니 외성은 안전하다.

그렇다면? 남은 건 역시 외성이다. 이곳 외성에 볼일이 있어 기어들어온 것이다. 하지만… 얕보였나?

"죽을 자리로 왔군. 내가 갔다 오지. 일단 회의를 계속해라."

"예."

무린은 자리에서 일어났다. 그리고 문인을 향해 고개를 천천히 숙여 양해를 구했다. 허허, 하고 웃음 뒤 고개를 끄덕이는 문인을 뒤로 하고 무린의 신형이 슥 사라졌다.

어느새 밖으로 나온 무린은 막사에서 벗어나 일단 외성 근처로 갔다. 무린이 막사에서 움직였을 때부터 이미 비천신기는 다시 깨어나 있었다.

기잉!

기쾌하게 도는 비천신기의 내력의 집중이 높아질수록 오감으로 느껴지는 정보들이 변질되어 갔다.

좀 더 느리게.

좀 더 명확하게.

좀 더 촘촘하고.

좀 더 끈끈하게.

모든 기본적인 정보들이 초감각에서 변형되어 무린에게 스며들었다.

벌레 우는 소리가 우뚝 멈췄다. 예민한 벌레들답게 무린의 초감각이 펼쳐지자 숨을 죽인 것이다. 집중의 시작은 당연히 외성벽 부근이었다.

자갈, 풀잎 하나 놓치지 않고 전체를 훑고 지나가는 육감의 파동.

무린의 걸음을 뗐다. 성벽 부근을 전체를 하나도 놓치지 않고 샅샅이 훑어봤다.

그리고 외성벽의 끝에 도착했을 때… 아니나 다를까, 일그러져 있는 공간이 있다는 걸 초감각이 알려왔다.

"……."

아주, 진짜 아주 미세한 일그러짐이지만 무린이 이걸 놓칠리가 없었다. 감각으로 따지자면 무린은 소향의 일행 중 누구와 비교해도 결코 부족하지 않았다. 아니, 오히려 압도하는 부분이었다.

실전박투, 그리고 감각은 그야말로 최고인 게 무린이다.

'흑영보다는 아래다.'

무린은 침입한 암살자가 흑영만큼 대단한 녀석은 아니라 생각했다.

자신이 매일매일 계속되는 정소민과의 대결로 일보 전진했다는 것은 이미 몸으로 깨닫고 있었다. 탈각의 무, 거기에 좀 더 육체가 적응하고 있었다.

생각과 행동의 괴리감도 이제는 아예 없었다. 의식이 일면 육체는 그 순간 움직이는 수준. 흔히 상상 속에서나 가능할 것들이 조금씩 가능해지고 있었다.

풀잎 위에 서는 것, 물 위를 통통 뛰어 가는 것들 말이다.

하지만… 역시 흑영은 특별하다.

정소민에 비하면 무력은 떨어지지만 은신(隱身)만큼은 전 중원을 모조리 뒤져도 흑영만 한 무인을 찾긴 힘들 것이다.

아, 마녀는 빼고.

무린은 아직도 그런 흑영의 기척을 잡는 건 불가능하다고 생각했다. 그 당시도 진심전력은 아니었다. 완전히 사정거리에 들어와, 그 스스로가 자신을 내보이고 나서야 무린은 그의 존재를 깨달았다.

그 전에도 마찬가지다.

북원의 전신이 아니면 끝까지 알아차리지 못했을 것이다. 무린이 생각하기에 흑영은 자신과 비슷한 부류라 생각했다.

초감각, 그와 같이 진화를 이룬 특수한 기예 말이다. 그러니 저자는 흑영이 아니다. 그렇게 생각하는 이유는 당연히 하나다. 일그러짐이 보였다. 그게 곧 증거였다.

흑영이 아니라면 그리 위협적이지 않았다.

"나오지, 그만."

"……."

무린이 일그러진 공간을 응시하며 조용히 말했지만, 당장 나오는 반응은 없었다.

모른 척 시치미? 기가 찰 일이었다.

무린의 푸른 머리가 어둠 속에서 사르르 흘렀다. 육체에 반동이 생긴다는 의미. 그건 곧 움직인다는 것과 일맥상통이다.

움직임이 시작되고, 무린의 신형이 그곳으로 쏘아졌다. 아무런 예비 동작도 없이 쏘아진 무런의 신형은 순식간에 그곳에 도달, 창을 내려찍었다.

광……!

무런의 창이 흙을 두드리는 순간, 폭발음이 터지며 땅이 아예 터져 나갔다.

비홍(飛紅). 막유철이 무런에게 선물한 신병이다.

좌수에 잡힌 창이 푸른 궤적을 그렸다. 스아악! 소름끼치는 예기가 어둠을 휩쓸고, 갈라 버렸다.

비청(飛靑). 이건 막야의 작품이었다. 비천흑룡은 정소민의 소수를 상대한 지 십 일째 박살 났다. 그리고 딱 때마침, 두 사람이 무런에게 새로운 병기를 쥐어줬다.

보통의 창보다는 살짝 짧다. 하지만 단창보다는 길다.

특색은 비슷하다.

다만 사용하기에 극히 까다로운 신병기였다. 중병에 속하니 웬만큼 병기술에 익숙지 않으면 오히려 제 목숨을 앗아갈 놈이었다.

극한의 실전경험이 있고, 주력은 창이었지만 상황에 따라서 검, 도, 단창, 도끼, 대부, 철퇴, 마상검과 언월도 등등 모든 무기를 사용해 본 무런이기에 사용 가능한 놈이었다.

특색은 딱 두 가지다.

지독히 단단한 강도.

지독히 예리한 창날.

이 두 가지가 전부였다.

하지만 이 두 가지만으로도 무린에게는 충분하다 못해 넘치는 도움이 됐다. 소수에 대항하려면 강도는 무조건적으로 우선시되어야 하니까.

쉭!

비청의 궤적에 그림자가 갈라졌다. 팟! 하고 창날의 끝에 걸리는 익숙한 감각이 느껴졌다.

살은 베지 못했다.

다만 의복은 벴다.

그리고 창날의 예기가 피부에도 닿았다. 흩어진 그림자가 뒤로 연기처럼 흘러가더니, 어느새 그곳에 흑의인이 서 있었다.

눈동자조차 보이지 않는다. 복면에도 구멍이 없다. 무린은 보자마자 눈치챘다.

지난 백 일간 몇 번 살행을 실행했던 자들과 똑같았다. 물론, 그들보다 실력은 윗줄에 있었다. 빠른 상황판단이 이루어지고, 상대할 방법마저 떠오른다.

"과연 무제… 대주가 조심하라고 한 이유가 있었군."

"대주? 아아……."

흑의인이 말한 대주, 누구를 지칭하는지 금방 알아차릴 수 있었다. 흑영이다. 이자는 흑영이 이끄는 부대, 혹은 단의 일원인 것 같았다. 아니, 확실했다. 풍겨지는 기운이 비슷했다. 다만… 옅었다.

흑영 수준은 아니었다.

"간덩이가 부었군."

그런 수준으로 감히 비천성을 기어들어오다니. 무린은 이자의 행동이 자살에 가깝다는 결론을 내렸다.

이자로는 이곳에서 이루고 싶은 바를 이룰 수는 없을 것이다.

비천성은 용담호혈이다.

삼륜공을 등에 업은 호랑이가 버젓이 성벽 위에 대기한다. 대다수가 절정으로 이루어진 아주 강력한 경계조다. 이들의 이목을 피하는 것 자체가 일단 바늘 틈을 뚫어야 하는 것과 동일할 것이다.

그런 외성벽을 뚫는다 해도, 안에는 제갈가의 금검수와 은검수가 대기하고 있다. 이들을 지휘하는 이가 한천검 제갈명이다.

무려 산동제일검. 제갈명 또한 실전경험을 토대로 현재 딱 탈각의 벽 앞에 대기 중이었다.

계기만 있으면, 천운이 따라만 준다면 새로운 세상으로 들어설 것이다. 절정의 극한을 찍은 무인의 기감을 피하는 것은 지극히 어렵다.

"뭘 하러 왔는지 궁금하지만 말할 것 같지는 않군."

"후후."

무린의 말에, 정말 웃음이 흘러나오고 흑의인의 모습이 사라졌다.

그러나 무린은 당황하지 않았다.

이미 초감각이 주변의 암흑 속으로 사라진 일그러짐을 느꼈다. 이를 놓칠 무린이 아니었다.

쉭.

무린의 신형이 그 순간 꺼졌고, 십 보 후방에 나타났다. 푹.
그리고 나타나면서 들리는 관통 소리. 눈 깜짝할 사이 벌어진 일이었다. 그리고 그게 끝이었다.

교전은 없었다.

"크륵……"

"……"

피거품 끓는 소리가 흑의인의 입에서 흘러나왔다. 내고 싶어서 낸 소리는 아니었을 것이다. 다만, 폐를 관통한 창 때문에 육체가 본능적으로 움직이며 난 소리일 것이다. 흑의인이 손이 올라갔다.

픽, 두둑!

올라오는 손이 무린의 손짓에 그대로 우뚝 멈췄다가, 떨어졌다. 무린의 손날로 어깨를 쳐버려 관절을 박살 냈기 때문이었다.

서 있고 싶지만, 이미 육체에서는 힘이 빠져나가고 있었다. 비천신기가 체내의 장기를 폐를 기점으로 모조리 짓이겨 버린 것이다. 광포한 힘이었다. 푸른색을 가득 머금은 무린의 머리카락이 흔들렸다.

퉤!

하고 흑의인이 침을 뱉었다. 무린의 고개가 동시에 슬쩍 꺾였다. 그러자 그런 무린의 행동보다 뒤늦게 복면을 뚫고 나와 지나가는 비침 하나.

최후의 반격이었지만 무린에게는 역시 소용이 없었다. 이미 초감각으로 알고 있었다. 흑의인이 입속에 악질적인 기운을 풍기는 비침이 숨어 있다는 것을.

무린의 무력이 상승하면서 초감각 역시 똑같이 비례해서 성장했다.

초감각의 성장은 안 그래도 신세계에서 혼자 놀던 무린을 또 다른 곳으로 인도했다.

농담이 아니라… 이젠 본인이 사람이 맞나 싶을 정도의 감각이다.

모든 것이 느려지고.

원한다면 빨라진다.

원하는 것을 간추려 볼 수 있고.

원하지 않는다면 지우는 것도… 가능하다.

물론, 지움에 있어서는 상대의 격에 따라 적용이 다르지만. 현재 무린이 원한다면 절정이라도 순간 삭제다.

그그극!

무린은 손에 힘을 주고 창을 위로 그어 올렸다.

드드득!

창날이 뼈를 가르며 올라갔다. 혈관, 근육, 지방을 모조리 가르면서 계속 상승, 어느새 명치를 지나고 심장보다도 높은 곳까지 창이 올라갔다.

푹.

그리고 잡아 뺐다.

동시에 머리를 잡고, 불빛이 비추는 곳으로 휙 던졌다. 십수 장을 날아간 흑의인의 육체가 바닥을 굴렀다.

"처리해."

"네."

무린을 따라온 태산과 윤복이 흑의인의 시체를 질질 끌고 다시 외성문 쪽으로 내려갔다.

본래라면 잡는다. 실력의 고하가 있다면, 오히려 살수를 잡아 고문을 통해 목적을 밝혀내는 게 죽이는 것보다 훨씬 더 나은 방법일 것이다.

하지만 무린은 안다. 그건 정말 쓸모없는 일이다. 그리고 괜한 후환을 안에 두는 꼴이다.

고문을 통한 정보의 누설.

이는 어느 정도 정신적인 틈이 있어야 가능한 법이다.

틈이 없으면 아무리 고문을 가한다고 해도 소용이 없다. 무린이 봤을 때 그 흑의인은 통각이 없었다. 통각이 없는 이를 고문해 봤자 뭐 하나. 어차피 고통 자체를 느끼지 못하는데.

좀 전 흑의인은 오직 육감으로만 움직였다.

특수한 방법으로 육감을 단련시킨 게 분명했다. 정상 생활은 물론, 살수로 행동할 수 있을 정도로 육감을 단련시킨다. 미친 소리? 개소리? 그렇게 들릴 수도 있다. 하지만 엄연한 사실이었다.

이미 이 같은 자와 만난 적이 있는 무린이다.

설마 백 일 동안 살수가 드나든 게 이번 한 번뿐일 리가 있을까? 이미 두 번이나 있었다. 그걸 전부 무린이 잡아 죽였다. 좀 전과는 다르게 오감이 작살나고, 오직 육감으로만 움직이던 살수들.

아니, 애초에 마군들 자체가 거의 이랬다. 다만 이자는 살수에 적합한 기예를 익힌 것뿐이었다.

무린은 다시 막사로 돌아왔다. 올 때처럼, 돌아가는 것도 순식간이었다. 무린이 들어가자 잠시 회의가 멈췄다. 무린이

자기의 자리에 앉으며 물었다.

"정리했다. 어디까지 얘기했지?"

"식량에 대해 얘기를 나누고 있었습니다."

"얼마나 남았지?"

"두 달치입니다."

"두 달… 그 전에 승부를 봐야겠군."

"예."

비천성에는 비천대와 그 가족만 있었다면 족히 일 년 이상을 버틸 수 있는 식량을 저장해 놨었다. 하지만 제갈세가가 불타고, 그 무인들과 가솔들이 이쪽으로 넘어오면서 식량의 소모는 급격히 늘었다.

일 년 이상을 버틸 식량이 이제는 두 달치밖에 남지 않을 정도로 말이다. 비천성으로 식량의 반입은 불가능했다.

개방의 특수한 연락 방법으로 밖의 정보는 계속해서 받아보고 있지만, 그건 겨우 작은 쪽지에 적힌 종이일 뿐이다. 그 이상의 부피는 결코 들어올 수가 없었다. 밖으로 나가는 길은 있지만, 그렇게 나가서 식량을 안으로 들여올 정도는 아니었다.

즉, 승부를 봐야 할 시기가 점점 다가오고 있다는 소리였다. 무린은 무혜의 얼굴을 돌아봤다. 평상시의 무혜의 얼굴이다. 하지만 무린은 그 안에 담긴, 눈빛 속에 숨어 있는 초조함을 읽어낼 수 있었다.

"방법은?"

"정면승부는 힘듭니다."

"그건 나도 알아. 후우, 군사."

"예."

"아직 시간은 있다. 두 달이란 시간이. 물론 적도 예상을 할 테니 그것보다 좀 더 앞당겨야겠지. 하지만 그래도 최소 한 달이다. 생각할 시간은 충분해. 초조해하지 마라."

"……."

무혜의 눈동자에 그게 무슨 소리냐는 의문이 떠올랐다. 마치 나는 괜찮은데 왜 그런 소리를 하냐고 눈으로 그렇게 묻고 있었다.

"눈빛에 담겨 있다."

"……."

무린의 말에 무혜의 눈동자가 움찔했다. 정말 눈동자만 움찔했다. 예상외였을 것이다. 아까도 그렇고, 지금도 그렇고… 이렇게 공개석상에서 대놓고 지적하니 말이다. 본래의 무린은 이러지 않았었다.

대놓고 무안을 줄 성격이 아니다. 무린의 성격은 깊다. 할 말과 안 할 말을 무린은 잘 구분하고, 때에 따라 적절하게 구사한다.

무혜의 눈동자가 변했다.

탐색의 빛이다.

무린이 뭘 원하는지를 파악하려는 것이다. 그러나 무린은 그럴 시각을 주지 않았다.

"둘러봐라."

무린의 손이 쭉 펴지며, 회의장을 쭉 그렸다. 무혜의 시선이 무린의 손끝을 따라 움직였다. 비천대 조장들부터 시작해서 제갈세가의 인물들이 보였다. 무혜의 시선이 전부 훑어보자 무린이 말했다.

"이들은 너의 말 한마디에 움직인다."

"……."

"생명의 무게를 느껴라."

"예."

"이들을 살릴 수 있는 사람은 너다. 지금 이곳에는… 너밖에 없다. 군사."

"예."

무린은 다시 주지시켜 주고 싶었다. 아니, 정확하게 못 박아 두고 싶었다. 무린이 제아무리 강하다 해도, 그 강력한 무력이 정소민에 잡혀 있는 이상, 결국은 비천대와 제갈세가의 무인들로 해결을 봐야 한다.

즉, 무린은 전력 외로 쳐야 한다는 소리다. 사실 그러니 여태껏 수성 외엔 번번한 작전을 쓰지 못한 무혜였다.

천리통혜의 모든 전략은 비천무제라는 강력한 패를 기본으로 이루어진다. 가장 최전방에 세워 놓은 창. 모든 것을 뚫어버리는 무적의 창이다. 동시에 모든 것을 막아내는 절대적인 방패이기도 하다.

그게 비천무제다.

그런 무린이 전설의 가닥, 소수공의 당대 전승자인 정소민에 막혀 있었다.

정소민. 여인이라 우습게 보아서는 안 된다. 전설이 전설이라 불린 이유가 있고, 그 당시 구파와 오가, 마도가와 배화교 등등 모든 세들이 암묵적으로 지워 버리는 데 협력한 결정적인 역할을 한 것은 당연히… 그 무력 자체다.

진화하는 무린이다.

어느 순간을 기점으로 푸르게 변형되는 머리색처럼, 무력과 초감각도 진화했다. 그럼에도 정소민은 무린을 가볍게 상대하고 있었다.

진심인 무린을 가볍게 상대한다는 소리는 결코 웃으며 듣고 넘길 일이 아니었다.

이쪽에서 선보일 수 있는 최강의 패가 막혔다.

그 사실이, 천리통혜가 생각하던 모든 수를 모조리 막아버렸다. 정말 꽁꽁, 단 하나도 가능치 않게 만들었다. 그래서 오직 수성밖에 할 수 없던 것이다. 그게 무혜를 초조하게 만들었다. 아마 그녀의 머릿속엔 그려져 있을 것이다. 계속해서 이렇게 상황이 흘러가면, 그 붓질이 멈춘 그 순간 어떤 풍경의 그림이 그려져 있을지 말이다.

비천성의 함락.

비천대의 궤멸.

비천무제의 사망.

등등…….

그 그림은 분명, 그런 광경을 묘사하고 있을 것이다. 안 봐도 뻔한 게 아니라, 그렇게 밖에 화공이 그릴 수 없는 게 지금의 현실이다.

"한 달의 시기가 있으니, 생각은 천천히 해라. 나와 비천대, 그리고 제갈세가가 반드시 막아줄 테니까."

나직이 나온 무린의 말.

사실 이 말을 전하려고 굳이 피 냄새 나는 몸을 이끌고 온 것이다. 무린이 보기에 무혜는 정신을 다잡을 필요가 있었고, 그건 더 이상 늦춰지면 안 되는 일이었다.

"예."

무혜의 대답이 들려왔다.

아직 초조감을 다 버리지는 못한 것 같았다. 하지만 이전보다는 훨씬 또렷해져 있었다. 만족스러운 결과였다.

무린은 문인을 바라봤다.

"……."

"……."

말없이 고개를 끄덕이는 문인. 그 눈빛에는 잘했다는 뜻이 분명하게 담겨 있었다. 그리고 걱정 말라하고 있었다.

무린은 살짝 고개를 숙였다. 무혜를 잘 부탁한다는 뜻이었다. 문인은 학사이지만, 아마 무혜보단 군략 쪽으로 밝진 않을 것이다. 애초에 이름처럼 사람을 살리는 학문에 힘쓴 문인이다.

사람을 상하게 하는 군략을 배웠어도 행하지는 않을 거라 판단한 무린이었다.

기본은 분명 알겠지만, 그래도 문인은 나서지 않았으면 하는 바램이었다. 그저 무혜를 옆에서 단단히 잡아주는 걸로 족했다.

"그럼, 나머진 보고만 하도록. 나는 밑에 있겠다."

"예."

무린은 그렇게 말하고 뒤의 회의를 맡기고 자리에서 일어났다. 전투가 끝난 뒤, 쉬기 전에 할 일이 있었다.

밑으로 내려오자 쉬고 있는 비천대가 보였다. 무린이 내려오자 쉬던 비천대원들이 전부 일어났다. 그리고 무린을 따라 밖으로 나섰다.

매일 하는 일.

공터로 나가 무린은 창을 들었다.

"덤벼라."

그 말과 함께 비천대가 무린에게 모조리 달려들었다. 하루의 마지막에 반드시 행하는 일, 그건 실전을 방불케 하는 박투였다.

第百九十三章

전생자(前生自)

귀환병사

"오늘은 전투가 없을 것 같습니다."

"벌써 육 일이나 지났나?"

"네, 대주."

무린은 외성벽에서 마군의 진지를 바라보며 장팔과 대화를 나누고 있었다.

정소민은 지난 백 일 동안 매일 공격했다. 그러나 정말 가뭄에 콩 나듯 쉬는 날이 있었다. 지금까지 이틀 정도. 오늘이 가뭄에 콩이 나는 삼 일째 날 같았다. 이는 무린의 입장에서 보자면 결코 나쁜 일은 아니나, 그렇다고 좋은 일도 아니었다.

비천대도 휴식을 취해서 좋지만 마군도 마찬가지로 휴식을 통해 정신적, 육체적 휴식을 취하기 때문이었다.

즉, 양측 전부 휴식을 취하니 결코 상황이 좋아지는 건 아니라는 소리였다. 이쪽만 쉰다면 모를까, 둘 다 쉬는 건 분명 전황상 나중에는 불리하게 작용할 것이다.

이유는 역시 하나. 병력에 있어서 너무나 열세였기 때문이다.

게다가 식량이나 물자도 너무 부족했다. 식량이야 그나마 두어 달의 여유가 있지만, 공성 물자는 벌써부터 바닥을 보이고 있었다.

물자 없는 공성전은 그냥 막말로 설명하자면 미친 짓이다.

공성전이라면 분명 수성이 유리하다. 훨씬 유리한 고지에서 싸우니 이는 어쩔 수 없었다.

비천성의 성벽은 특히 높았다. 병사가 아닌, 무인을 막기 위한 성벽이니 당연했다.

그래서 제아무리 일류의 무인이라 하더라도 단번에 성벽으로 뛰어오르기는 불가능했다. 그러니 당연히 사다리를 사용해야 했다.

무인이 오르는 속도는 가히 초속이다. 일반 병사들과는 차원을 달리하는 속도로 사다리를 통해 성벽으로 기어오른다.

하지만 성벽 위 방어 병력이 비천대다. 이미 공성은 질리게 겪어본 이들이라 어떻게 막아야 하는지는 충분히 알고 있었다. 그래서 지금까지는 갖가지 전략을 통해 열세임에도 충분히 막아왔다.

그러나 피해 누적이나, 물자 소모는 피해갈 수 없었다.

특히 물자 소모는 슬슬 비천대의 무력 자체를 떨어트리는 수준까지 와 있었다. 특히 투창에 사용할 단창이 이제는 극단적으로 부족했다.

단창은 비천대의 주력 무기이기 때문에 이 부족 현상은 시각이 지나면 지날수록 점점 치명타로 변해갈 것이다.

대체할 방법이 필요했다.

무린은 마군의 진지에 시선을 고정시킨 채 혼잣말처럼 중얼거렸다.

"가서 털까."

"네?"

"무기말이야. 없으면 가서 털어오면 되지 않나?"

"아……."

장팔뿐 아니라 무린의 뒤에 있던 다른 조장들도 같이 탄성을 흘렸다. 아마 좋은 방법이라고 생각한 것 같았다. 그러나 무린은 자신이 말해놓고 고개를 저었다.

"아니군. 안 하는 게 좋겠어."

"네? 왜 그러시는지……."

"나중을 위해서는 안 하는 게 이득이야. 괜히 쑤셔서 경계를 강화시킬 필요는 없지."

"아… 네."

"일단 부족하면 나무라도 깎아서 써야지. 투창은 최대한 자제시켜. 나중을 위해서도 단창은 분명 필요할 테니까."

"네, 그렇게 전달하겠습니다."

"오늘은 애들 돌아가면서 푹……."

무린은 말을 하다 말고 멈췄다.

짜릿한 기파가 전해져 왔다. 시선을 돌려봤지만 아직 기파의 주인은 보이질 않았다. 하지만 무린은 느낄 수 있었다. 비천신기를 강제로 움직이게 하는 기파의 주인이 분명 어딘가 존재한다.

그리고 익숙한 기파다.

소수의 전승자, 정소민의 기파다.

저 끝에 마군의 진지를 벗어나 천천히 걸어 나오는 정소민이 보였다. 무린의 인상이 찌푸려졌다.

"쉬는 날이 아니군."

"……."

암묵적으로 정소민이 스스로 만들어놓은 휴식일이다. 가뭄에 콩 나듯 말이다. 정소민이 마군들을 쉬게 만들기 위해 만든 날.

그런데 온다?

"슬슬 끝났다는 건가?"

"네?"

"아니다. 비상 걸고 대기해."

"네!"

장팔이 즉각 혀를 말아 휘파람을 불었다. 삑! 하고 울리자 비천성 외성이 순식간에 소란이 일어났다. 장팔의 비상 신호에 쉬고 있던 이들이 즉각 반응한 것이다.

"잠시 갔다 올 테니, 경계 확실히 해."

"대주, 위험합니다."

"괜찮다. 전투는 없을 테니."

"하지만······."

"걱정 마라. 돌아온다."

"네!"

무린은 바로 몸을 날렸다.

슬쩍 떠오른 무린의 신형이 비천성 아래로 떨어졌다. 착, 미약한 소음과 함께 바닥에 착지한 무린이 몸을 풀었다.

두둑, 두두둑!

굳어 있던 관절과 근육의 무린의 행동에 일제히 비명을 지르며 잠에서 깨어났다. 그리고 천천히 비천신기가 회전했다.

기잉, 기잉!

순식간에 회전수를 올린 비천신기가 무린의 존재감을 거세게 피워 올렸다. 소수의 전승자에 맞서기 위한 내력의 운용이다. 그냥 가면 분명 압박당하다 못해 압살당할지도 모르니까.

저벅저벅, 양손에 비청과 비홍을 들고 걸어 나가는 무린.

둘의 거리는 순식간에 좁혀졌다.

여전히 깔끔한 복장을 하고 있는 정소민이다.

다만 처음 만났을 때와 다른 게 있다면 바로 눈동자에 들어 있는 무정(無情)이다. 전투를 거듭할수록 그녀의 눈동자에서 감정이 점차 사라졌다.

최초에는 자신을 찢어죽일 마음을 담은 살기가 가득 담겨 있었다. 그러나 그게 점차 흐려지더니, 어느새 일체의 감정을 품고 있지 않았다.

단정(斷情)이라도 한 것처럼 말이다.

'역시 좋지 않아. 이래서야… 틈이 없지 않나.'

감정이 있어야 동요시킬 수 있다. 그럼으로써 틈을 얻고, 그 틈을 비집어 큰 기회를 만들 수 있다.

병법에서 상대의 마음을 뒤흔드는 것은 기본 중에 기본이다.

이건 개인 간의 대결도 마찬가지라 느끼는 무린이다. 대충 상대할 수 있는 적도 아니고, 탈각의 상태에서도 진일보한 자신보다도 강한 상대다.

아무리 작정하고 공격을 가해도 가볍게 막아 내고, 반대로 작정하고 공격하면 무린은 겨우 피하거나 막을 뿐이다.

이런 상대가 감정도 없이 오직 비천성과 무린을 지우려 움직인다. 정말 최악인 상황이었다.

약 이십 보의 거리를 두고 마주보는 두 사람.

정소민의 무정한 눈빛, 무린의 극히 차분한 눈빛이 서로 마주쳤다.

"……."

"……."

바람이 불지도 않는다. 마치 침묵하는 두 사람이 무서워서 피해가는 것 같았다.

그 주변으로 휘날리는 풀잎을 보니 말이다. 두 사람이 장악한 권역에서는 바람조차 통하지 않는 상황이고, 일어난 기세가 부딪치며 서로 밀어내려 하고 있었다.

그래서 아주 미약하지만 파박, 파박 하는 소음도 일고 있었다. 무형기의 충동. 만약 이 공간에 범인이 들어서면?

즉각 심맥이 끊어져 칠공으로 피를 토할 것이다.

"슬슬 시간이 되었군요."

정소민이 먼저 침묵을 깼다.

이십 보 거리를 격하고 날아온 그녀의 말이 무린의 귀에 착하고 안착했다. 무린은 그 말에 천천히 고개를 끄덕였다.

"그런가. 다 됐군."

"알고 있었나요?"

감정이 없는 존대라 무린이 아닌 다른 이가 들었다면 소름이 끼쳤을 말투였다. 그러나 역시 무린은 담담하다. 그 정도에 흔들린 심지가 아니었으니까.

"당연히."

"역시 무제. 눈치가 빠르군요."

"바보가 아니라면 누구나 알 것이다."

"후후후."

웃음에 고저가 없다. 그냥 입만 열어 '후후후' 한 것과 똑같다. 눈빛에 담긴 무정처럼, 목소리도 무정 그 자체였다.

정소민은 웃지만, 무린은 웃을 수 없었다.

백 일간의 대결.

무린이 그걸 모를 리가 없었다. 전투 자체가 무린을 성장시키기 위한 일이었다.

마녀도 그랬다.

당시 만났을 때 무린이 부족하다고…….

그래서 빼앗기지 않았다. 마녀가 아량을 베푼 게 아닌, 아직까지는 가질 필요가 없었던 것이다. 부족했으니까.

그걸 생각해 보면 정소민의 행동은 이해 못 할 행동이 아니었다. 무인을 성장시키는 가장 좋고 확실한 방법은 수련이겠지만, 그것보다 힘들지만 더 확실한 방법은 생사를 놓고 다투는 대결이다.

생사결(生死決).

이것만큼 무인을 급성장시키는 것은 찾기 힘들다. 영약을 퍼 먹이는 것보다도 효율이 훨씬 좋으니까 말이다.

게다가 무린의 성장 기반 자체가 생사결, 생존을 놓고 벌이는 투쟁에서 나온다.

그러니 무린을 성장시키려면 그의 목숨을 위협하는 대결을 벌이면 된다는 간단한 방법이 나온다.

그녀의 입장에서는 적당히, 무린이 겨우겨우 막을 수 있을 정도로 말이다.

그러니 무린이 모를 리가 없었다.

이미 한참 전에 눈치채고 있었다.

그에 따라 분노가, 가슴속 깊은 곳에부터 처참한 모욕감이 올라왔다. 그러나 참았다. 이를 악물고 참아 냈다. 강해져야 한다.

상대가 도와주는 걸 마다할 필요 없다고 생각했다.

"그래서?"

"무제, 당신은 운이 좋아요. 당신의 내력을 주께서 원하시니 말이에요. 적어도 저 성의 모두가 죽어도, 당신은 살 수 있잖아요."

정소민이 새하얀 손을 들어 비천성을 가리켰다. 감정의 고조 없이, 저 성을 함락시키고 모조리 죽이겠다고 하는 선언이었다.

"그게 쉬울 것 같나?"

"어려울 것 같나요?"

"어려울걸."

"쉬울걸요."

무린의 말꼬리를 잡고 정소민이 늘어졌다. 하지만 장난은 아니었다. 서로 진심을 담아 한 말이었다.

무린은 비천성의 함락은 어려울 것이라 진심으로 한 얘기고, 정소민은 쉬울 거라 얘기하고 있었다.

"구화의 전승자가 오늘 밤이면 이곳에 도착합니다."

"......"

그 말에 무린의 눈동자가 꿈틀거렸다.

구화의 전승자.

이장백.

일진광풍이 이끄는 산동연합결사를 지워 버린 그가 오늘 이곳에 당도하는 이유는, 산동을 평정하기 위해서 마지막으로 남은 이곳을 지워 버리겠다는 뜻이다. 이렇게 되면 정소민의 장담에 힘이 확 들어간다.

수평을 유지하고 있던 각자의 발언이, 정소민 쪽으로 확 기울어 버리는 결과가 나왔다. 구화검의 존재는 그 정도의 파괴력이 있었다.

슬며시 말려 올라가 있는 정소민의 입술을 본 무린은, 더 있다는 판단을 내렸다. 그리고 구화검 말고, 이곳에 올 수 있는 전력.

자신을 노리는 적.

답은 금방 나왔다.

"마녀도 오는군."

"후후후. 역시 눈치가 빠르군요."

"……."

때가 되었다고 하더니, 정말인가 보다. 마녀가 직접 이곳에 행차한다면 그 이유는 역시 하나다.

바로 자신의 내력을 흡수, 사용하는 것이다. 이 세상을 끝장내기 위해…….

무린은 생각했다.

인정하기 싫지만…….

'종장이군.'

하나의 이야기가 끝에 도달해 버렸다.

인정하기 싫지만 안 할 수가 없는 형편이었다. 무린은 냉정하고 현실적이었다. 그는 수없이 많은 생각을 통해 자신의 이야기가 있다면 끝이 어떻게 날까 생각해 봤다.

답은?

빌어먹게도 단 한 번도 좋게 나온 적이 없었다. 어쩌다가 이렇게 된 건지 정말 모를 일이었다.

"주께서 무제에게 보내는 전언이 있어요."

"전언?"

"네, 그러니 제가 이곳에 있지요."

"해."

무슨 말일까.

정소민의 입가가 비틀렸다.

"이제 그만 진정한 자신을 떠올려라, 청룡왕."

"……."

진정한 자신?

청룡왕?

무슨 개소린가 싶었다. 정말 듣는 즉시 그런 생각이 머릿속을 훅 뚫고 떠올랐다.

감정이 순식간에 기분 나쁘게 변해갔다. 전혀 이해 못 할 말이었기 때문일까? 그런데 이상하게도 그건 아닐 거라는 감이 툭 튀어 올라왔다.

정소민의 말은 끝난 게 아니었다.

좀 전 말을 끝내면서 닫혔던 입이 다시 열리며, 한 단어를 뱉어냈다.

"요한."

"……."

요… 한?

무슨 소리지? 무슨 뜻이지?

기괴했다.

쿵, 쿵쿵.

심장이 뛰기 시작했다. 무린은 탈각의 무인이다. 그런 무린의 심기가 격렬하게 어지러워지면서 심장이 격하게 뛰기 시작했다.

'뭐지……? 흥분? 내가?'

뭔가 너무나 반가운 것을 들었을 때 오는 흥분. 전신에 소름이 쭉쭉 내달렸다. 동시에 그 기분 나쁜 감각에, 아니, 반가운 감각에 무린의 얼굴에 천천히 금이 가기 시작했다. 삼륜의 이륜공. 더불어 탈각을 이루며 단단해진 무린의 정신에 들어온 요한이라는 단어.

"후후후."

어느새 정소민이 등을 돌리고 저만치 멀어지고 있었다. 그걸 보며 다시 무린의 눈매가 꿈틀거렸다.

한 방 먹었다.

그것도 제대로 한 방 먹었다. 정소민은 분명 이제 이곳의 전투를 끝낼 것이라 예고하고 갔다.

구화검의 합류.

그리고…….

마녀의 합류.

종장을 알린 것이다.

그런데 마녀의 전언이라고 나온 말에 감정이 마구 흔들리고 있었다. 으득! 장난질에 속았나? 아니다. 이게 정소민이 직접 이곳까지 온 이유다.

구화검과 마녀의 합류 소식보다 이 전언이 실제 이유였을 것이다.

그럼 목적은? 무엇을 위해서?

무린이 흔들리기를 원해서?

'빌어먹을…….'

상대가 원하는 대로, 무린은 아주 부르르 흔들렸다. 충분하다 못해 넘치게 먹혔다. 그래서 분노가 치밀어 올랐다.

일그러진 무린의 얼굴. 입술에서 피가 흘렀다. 순간적인 흥분, 분노를 참지 못하고 입술을 씹은 것이다.

휘잉.

정소민이 사라진 공간에 뒤늦게 찾아온 바람이 찢어진 잡초를 무린에게 날렸다.

날아오던 풀잎이 무린의 몸을 향해 오다가 툭, 멈췄다가 떨어졌다. 기파가 넘실거렸다. 순식간에 고도로 올라간 감정의 기파다.

검은 점이 되어 사라지는 정소민을 한차례 바라본 무린이 등을 돌렸다.

그리고 비천성으로 걸어가 순식간에 성벽 위로 이동하는 무린.

"대주."

조장들이 다가왔다.

"전부 다 소집해."

"아, 네!"

싸늘하게, 그리고 딱딱하게 굳어 있는 무린의 얼굴에서 뭔가를 느낀 비천대 조장들도 전부 얼굴을 굳혔다.

*　　　*　　　*

막사 안은 싸늘한 침묵이 감돌았다.

평소 말을 잘하는 제종이나 갈충도 감히 무린의 얼굴을 본 이후 농담을 꺼내지 못했다.

그만큼 무린의 얼굴은 심각했다. 전에 없을 정도로 말이다.

관평이 죽었을 때도 이 정도는 아니었던 무린이었다.

그런 무린이 지금 정말 너무나 딱딱하게 굳어 있어, 무혜나 문인도 입을 열지 않는 상황이었다.

게다가 완전히 눈을 감아버리는 무린.

불러놓고 이런 행동이라니, 분명 예의가 없는 짓이다. 게다가 지금 이 자리는 스승인 문인도 있는 자리다. 해선 안 될 행동이 분명했다. 하지만 그럼에도 누구도 그런 무린에게 뭐라 하지 않았다.

무린이 이러는 이유가 분명 있을 것이라 생각했기 때문이다. 비천대야 당연히 무린의 성정을 알고, 제갈세가의 인물들도 그동안 무린과 함께했기에 잘 안다. 게다가 무린은 문인의 제자다. 문인이 예절교육을 안 시켰을 리가 없다는 것도 잘 알고 있었다.

그래서 모두가 기다렸다.

무린의 머릿속은 현재 엄청 복잡한 상태였다.

구화검, 마녀.

청룡왕, 요한.

이 네 단어가 무린을 흔들고 있었다. 두 단어는 지금 현재 닥쳐 온 거대한 위협을 뜻하는 단어다.

뒤에 두 단어는 무린 자신에게만 국한된 단어다.

앞의 두 단어와 뒤의 두 단어는 연결되지 않았다. 앞 단어야 무린은 물론 여기 있는 모두가 잘 알지만, 뒤에 두 단어는 무린조차 모르는 단어다. 게다가 그 두 단어는 마녀가 직접 자신에게만 보낸 단어였다.

'전언은 일단 후에 생각하자. 당장은 구화검과 마녀가 먼저야.'

정리가 되지도 않는 걸 억지로 정리해 봐야 잘못 정리할 뿐이다. 그걸 아는 무린이지만, 충격이 워낙에 커서 쉽지가 않았지만 지금에야 겨우 일단 분리를 해냈다.

눈을 뜨는 무린.

무린을 주시하다고 있던 이들이 무린이 눈을 뜨자 자세를 바로 했다. 무린이 한 사람씩 눈을 마주쳤다. 어쩌면 이제 두 번 다시 제대로 볼 수 없을지도 모르는 이들이다. 눈에 담아 놓고 싶은 생각이 순간적으로 올라왔다.

그렇게 한 사람씩 전부 눈에 담고, 기억에 저장한 무린이 천천히 입을 열었다.

"구화검. 마녀가 내일이면 이쪽에 도착한다."

"……."

"……."

파르르…….

침묵으로 요동치는 공기가 달달 떨었다. 흠칫 놀라는 이들도 있고, 인상을 팍 찡그리는 이들도 있고, 반대로 입을 반쯤

멍하니 벌리는 이들도 있었다.

순식간에 경지에 든 이들의 평정을 깨버리는 두 단어가 바로 구화검.

그리고 마녀였다.

"확실한가……?"

문인이 물어왔다.

무린은 고개를 끄덕이고, 이후 다시 말로 대답했다.

"소수의 전승자가 직접 한 말입니다. 거짓이라고 볼 수 없었습니다."

"으음……."

문인의 침음.

눈동자가 탁하게 물들어갔다. 천하의 문인이라 해도 현 상황에서 냉정을 유지할 수는 없는 법이었다.

"군사."

"예, 당장 대피시키겠습니다."

"후우, 걸릴 확률은?"

"십 중 구 할입니다."

"누굴 보낼 거지."

"……."

무린의 질문에 무혜가 제갈세가 인물들을 바라봤다. 그에 무린은 고개를 끄덕였다.

두 사람의 대화에 인상을 찌푸리는 제갈세가의 인물들. 두 사람의 대화에서 뜻을 파악한 것이다. 애초에 머리가 좋은 이들이니 그건 일도 아니었을 것이다.

한천검이 냉기가 뚝뚝 떨어지는 얼굴로 무린을 노려보며 입을 열었다.

"도망치라는 거요?"

그 말을 무린이 즉각 받았다.

"그럼, 무공도 모르는 이들을 여기서 모조리 옥쇄시킬 건가?"

"……."

한 방으로 침묵이었다.

무린의 말이 정답이었다. 외성 너머 내성에 거주 중인 이들은 전부 무공도 모르는 이들이다. 비천대의 가족들, 그리고 제갈세가의 일부 생존자들. 절정무인 하나만 들어가도 모조리 도륙이 가능하다.

그만큼 힘이라고는 아주 조금도 갖추지 못하고 있는 이들이다.

"내일이다. 내일… 이전처럼 소모전이 아닌, 비천성을 함락시키려고 대대적인 공성전이 펼쳐질 것이다."

무린의 좌중을 돌아보며 얘기했다. 눈을 돌리지 않고 모두가 무린의 시선에 눈을 맞췄다. 피하지 않았다는 것은, 각오가 섰다는 것이다.

이건 분명 좋은 현상이지만…….

"군사. 막을 수 있을 확률은?"

"구화검의 정확한 경지가 알고 싶습니다."

"나와 최소 동급. 최대는… 두세 수 위."

무혜의 얼굴에 그늘이 졌다.

무린의 말에 빠르게 계산을 마쳤을 것이다. 그리고 그 계산에 대한 결과는 그다지 좋지 않을 것이다.

"지금도 사실 마군이 작정하고 달려들었다면 힘들었을 겁니다. 이런 상황에 구화검 하나만 개입해도 필패가 예상됩니다. 반 시진도 못 버팁니다. 마녀가 개입하면… 이각이나 버틸까 싶습니다."

"그래, 내 생각도 같다."

싸늘한 분위기가 너무나 당연하게 생성됐다. 천리통혜라 불리는 무혜가 필패를 예상했다. 그리고 비천무제 또한 막지 못한다고 선언했다.

"내 생각도 같네."

그리고 문인마저.

이렇게 되면 이건 아주 확실한 예언이나 다름없었다. 절대로 뒤바뀌지 않을 예언 말이다.

지레 겁먹고 내린 겁쟁이들의 말이 아니라서… 공기가 더

무거워졌다.

무린이 다시 제갈명을 봤다.

"이런 상황에 전부 여기서 같이 싸우자는 건가? 필사의 각오로?"

"……."

제갈명은 무린의 시선을 피하지 않았다.

무린은 그런 제갈명의 시선을 똑바로 마주하며 다시 말했다.

"그러니 힘없는 사람들은 도망쳐야 한다. 동의하나?"

"……."

제갈명은 고개를 끄덕였다.

그리고 직후, 굳건한 얼굴로 다시 입을 열었다.

"하나 그들의 인도, 보호는 제갈세가에서 맡을 수 없소."

"……."

제갈명의 눈동자에 비춰져 있는 살심이 너무 적나라하다. 안 그래도 냉랭하던 좌중의 공기가 더욱더 뚝 떨어졌다.

제갈세가는 함락당했다.

물경 천이 넘는 마군의 침략을 제갈세가는 버티지 못했다. 전쟁이 시작된 즉시 인근에서 모여든 병력만 천이었다.

대다수가 일류의 무인이었지만 그중 절정이 열이나 끼어 있었고, 그 절정지경 마군의 선진입으로 인해 제갈세가는 단

하루 만에 박살 났다.

다행이라면 문인의 예측으로 인해 미리 힘없는 가솔들을 전부 피신시켰다는 것에 있었다. 하지만 그래도 본가는 불탔다.

제갈가의 전부라 할 수 있는 고서적과 함께 화르르, 태산과 함께 불타올랐다. 그 과정에서 가주는 옥쇄(玉碎).

그리고 수급은 불탄 제갈가 정문에 걸렸다.

제갈명이 분노하는 것도 당연했다.

"불가."

하지만 이해한다고 허락해 줄 수는 없었다. 제갈세가의 금검수, 은검수들은 분명 어디 내놓아도 부족함이 없다.

이들은 천하오대세가라 불리는 제갈가 전체 무력의 중추다. 이들을 이끄는 제갈명 또한 어디 내놓아도 빠지지 않을 절정의 무인이다.

이제 벽을 마주봤고, 기연이라 할 수 있는 계기만 얻는다면 탈각을 이룰 훌륭한 무인이다.

하지만 그것과는 별개다.

공성전은 애초에 이들의 전투 방식과는 맞지 않는다. 공성전 자체가 무인들의 싸움에서는 생소할뿐더러, 전투 자체도 궤를 달리한다.

지금까지 이들이 제대로 공성전을 치를 수 있었던 이유는 비천대가 함께했기 때문이다. 물론 그 과정에서 경험을 얻었겠지만, 그래도 비천대보다는 못하다. 비천대가 빠진다면? 한 번 뚫리기 시작하면 걷잡을 수 없이 무너질 것이다.

와르르…….

파도에 부딪친 모래성처럼.

그러니 불가다.

그러나 제갈명 또한 명분이 있었다. 이 명분이 또 거대한 게… 무린의 눈매를 꿈틀거리게 만들었다. 그 명분이 제갈명의 입을 통해 지금 흘러나왔다.

"당신과 비천대는 해야 할 일이 있을 걸로 아오."

"……."

침묵까지 시켰다.

아주 강한 명분이었다.

제갈명의 입에서 이번엔 쐐기를 박는 치명타가 나왔다.

"게다가 무제. 당신은… 잡혀서도, 죽어서도 안 되는 인물. 이 환난의 중심에 선 무인."

"……."

"그런 당신이 이곳에 있을 참이오? 마녀가 당신을… 잡으러 왔는데?"

"……."

제갈명의 말에 무린의 눈빛이 딱딱하게 굳었다. 화가 나서가 아니었다. 제갈명의 말이 너무나 맞아서, 대꾸할 말이 없는 것이다.

제갈명의 말은 모조리 맞았다. 단 한 군데도 틀린 구석이 없었다. 맞다. 마녀의 목적은 무린이다. 그럼? 도망치는 게 당연하다.

어차피 대적불가의 적이다.

그렇다면……?

뒤도 돌아보지 않고 퇴각이다. 여태 그렇게 살아온 무린이 아닌가. 하지만 문제는 무린이 탈출할 시간을 벌어줄 제갈세가다.

그들은 어떻게 될까?

십 중 십.

궤멸.

전멸.

아무리 좋게 생각해도 이런 단어밖에 떠오르지 않는 무린이었다. 무린은 본능적으로 무혜를 바라봤다.

"……."

"……."

무혜가 고개를 가로저었다.

무혜도 제갈명의 말에 반박할 말이 없던 것이다. 오히려 무혜의 생각도 제갈명과 같았다.

총명하기 그지없는 그녀다. 그러니 지금 무린의 입장을 생각한다면 제갈명의 말을 듣는 게 맞았다. 그건 애초에 머릿속에 있었다.

하지만 꺼내지 않았을 뿐이다.

말해도, 듣지 않을 게 불을 보듯 너무 빤했으니까.

"미치겠군."

무린이 답답한지 목을 거칠게 꺾었다. 두둑거리는 소리가 울렸다. 그 후 미간을 좁히고 눈을 감는 무린. 생각해 내기 위함이었다.

무린은 절대로 못 한다. 제갈가의 무인들을 희생시키면서 도주하는 일.

살기 위해서라면 무슨 짓이든 했던 무린이지만, 동료를 파는 짓만큼은 절대로 하지 않았다. 비슷한 예가 있다면 단 한 번.

원각.

북방에서 처음 만난 친우와 작전 당시, 초원여우에게 쫓길 때 갈림길에서 서로 찢어진 것. 결과적으로 초원여우는 원각을 쫓았고, 그는 죽었다. 그것을 빼면 단 한 번도 없었다. 정말 단 한 차례도 말이다.

그런데 지금 제갈명이 말한다.

자신들이 방패가 되어 시간을 끌 테니, 힘없는 비천대의 가족과 제갈세가의 가솔들을 데리고 도망치라고.

무린이 생각에 잠기자 회의장은 다시금 침묵에 잠겼다.

* * *

침묵의 시기가 길어지고, 일다경이 지났을 때쯤이다. 불쑥한 인형이 들어서며 침묵을 찢어발겼다.

"고집이다."

호연화였다.

어머니의 목소리에 무린은 눈을 떴다. 밑에 층에서 전부 듣고 있었던 것 같았다. 그게 아니라면 현재 무린의 심정을 고집이라고 정의내릴 수 없었을 테니까.

"어머니."

"대를 위한 소의 희생. 잘못된 일이라 생각하느냐?"

"예."

호연화의 질문에 무린은 아주 조금의 망설임도 없이 고개를 끄덕이며 대답했다.

흔들리지 않는 대답이었다.

모르는 건 아니었다. 자신에게 주어진 운명. 하지만 그 운명 때문에 동료를 희생시킨다? 그럼으로써 살아남는다?

"이들을 죽여 제가 삽니다. 그게 올바른 일이라 생각하지 않습니다. 어머니의 가르침도 그랬습니다."

"물론 그랬다. 남을 희생시켜 얻는 생. 그건 생이 아니라 분명 내가 그리 가르쳤다. 하지만 그때 분명 말했을 것이다. 그 또한 상황에 따라 받아들여야 하는 상황도 올 것이라고."

"그게 저는 지금이라 생각하지 않습니다."

"그렇다면 말해 보거라. 성을 지킬 수 있겠느냐? 저 강대한 마군(魔軍)에게서?"

"생각하면 됩니다. 이곳에는 많은 사람들이 있습니다."

"그 생각하는 시간 동안 하나둘씩 죽어나갈 것이다. 그리고 버티고 버텨도 찾아내지 못한다면? 전부 죽일 셈이냐?"

"……."

호연화의 말은 맞았다.

어쩌면 지금 이 상황, 무린의 고집이라 할 수도 있을 것이다.

안타깝게도 무린은 잡혀서는 안 되는 인물이다. 마녀에 대항하기 위해서는 반드시 도망쳐야 했다.

무린이 잡힌다는 것은 마녀의 마지막 계를 앞당겨 주는 것이 될 것이다. 모두가 어차피 그런 사실을 알고 있었다. 그러니 무린을 내보내려 하는 것이다.

자신이 죽어도 무린만은 반드시 도망쳐야 후(後)가 있다. 무린이 잡히거나 내력을 뺏긴 채 죽어버리면 후가 없다. 도저히 어쩔 수가 없게 되는 것이다.

소향도 성이 포위되기 전에 떠나면서 그랬다.

반드시 살아달라고.

오라버니는 절대로 죽어서도, 잡혀서도 안 되니 반드시 생존, 그 하나만을 위해 노력해 달라고.

제발 부탁한다고 무린의 손을 잡고 아주 귀에 못이 박히도록 신신당부하고 떠났다.

무린은 그 말을 들으면서도 제발 그런 상황이 오지 않기를 바랐다. 하지만 어쩌나. 그런 상황이 와버렸다.

"양단간의 결정을 내려야 하는 상황이다. 지금 이렇게 시간을 끄는 것도 결코 좋지 않아. 누구에게 들었는지는 모르겠으나 이미 합류했을 수도 있다. 지금 당장 공성이 벌어져도 결코 이상하지 않을 상황이야."

"……."

안다.

자신에게 처해진 운명의 특기가 뒤통수를 후려치는 것이라는 걸. 그러니 내일이라고 했지만, 오늘일 수도 있다. 아니면 자정을 넘은 그 시기에 바로 공성전이 벌어질 수도 있었다. 무린도 그 부분은 이미 유념해 두고 있었다.

하지만 그래도 마음이 서질 않았다.

단순히 내키지 않는 게 아니었다. 이는 무린의 살아 온 삶의 행동원칙 자체를 무너트려야 하는 상황이었다. 단 한 번도 동료를 버린 적이 없는 무린이었다.

만약 그랬다면 지금의 무린이, 비천대가 존재할 수도 없었을 것이다. 비천대의 탄생 자체가 무린의 동료애에서 나왔다고 해도 과언이 아닌 것이다.

그런데 지금은? 버리라 하고 있었다.

도망치라고 하고 있었다.

도대체 이걸 어떻게 이해할 수 있을까? 아니, 이해는 가는데. 인정은 못 하겠는 무린이다. 인정하고 용납하는 순간 자신이 스스로 동료를 버려야 할 테니까.

"무립니다. 이번만큼은 제아무리 어머니의 말씀이라도 받아들일 수 없습니다."

"……"

낮게 깔려나온 목소리였다. 그 안에 담긴 진심은 묵직했다.

그 때문에 회의장은 고요한 침묵이 다시 깔리기 시작했다. 호연화는 말없이 아들, 무린을 바라봤다.

처음이었다. 무린은 단 한 번도 자신의 말에 토를 달지 않은 아들이었다. 시키면 시키는 대로 하는 수동적인 아이는 아니었지만, 자신이 아는 말을 모두 명확하게 이해하고 받아들여 그대로 행동하는 아이가 바로 무린이었다.

그런 무린이 지금 처음으로 자신의 말에 반박한다. 따르지 않겠다고 선언했다.

뭔가 전에 느끼지 못했던 새로운 감정이 그녀의 가슴을 매웠다. 뿌듯? 아니다. 그것과는 좀 더 다른 색다른 감정.

하지만 그뿐. 느낄 뿐이지, 그걸 받아들이지 않는 호연화다.

"고집이라고 했다. 너의 행동은 지금 이곳에서 모두 같이 죽자는 소리로밖에 들리지 않는구나. 해결책이 없는 지금 이 상황에서 네가 아무리 그런 말을 한들 그 누구도 이해해 주지 않는다."

"알고 있습니다."

"알면서 왜 고집을 부리는 것이냐!"

쩌렁!

호연화의 호통이 회의장의 침묵을 거칠게 찢어발겼다.

여인이라 하나, 그녀는 남궁가의 대모였던 여인이다.

나이가 들었다고는 하나, 꾸준한 심법의 공부로 내력만큼은 절정고수와 비교해도 결코 부족하지 않았다.

위엄? 애당초 그 부분은 타고났다.

서릿발을 떠올리는 기세가 그녀의 전신에서 풍겨났다. 하지만 무린은 여전히 담담했다.

눈빛도 결코 흔들리지 않았다. 중심이 아주 잘 잡혀 있다.

고요함, 냉정, 열정, 투지까지.

모든 감정이 뭉쳐 무린의 눈동자를 이루고 있었다. 그런 무린이 호연화의 호통에 답을 내놓았다.

"그럼 어머니께서는 자식이 수많은 목숨을 등지고 살아남기를 바라십니까?"

"……."

수많은 피를 흘려 살아남아도, 정말 그게 삶일까? 생존일까? 그런 물음이었다. 대답하기가 참 힘든 질문이기도 했다.

호연화라고 왜 모를까. 무린의 살아온 삶의 방식을. 그 진행을. 그런데 무린처럼, 호연화의 입장도 마찬가지였다.

그녀도 아들의 입장을 이해할 수는 있지만, 용납할 수는 없었다.

"내가 지금 너를 살리고자 이런 말을 하는 것 같으니?"

"……."

"내 목숨, 내 자식의 목숨. 그래, 소중하단다. 그 어떤 것보다도 우선시되는 게 당연하다. 나도 한 가정의 어머니니까."

"……."

"하지만 내 자식의 고집으로 수백 명의 사람이 죽는 걸 지켜보라는 말이냐? 너 하나의 고집으로 외성 너머 수십의 가족들이 죽는 걸 이 어미더러 지켜보란 말이니?"

"……."

"말을 해보렴. 저 사람들, 다 죽어야 하니?"

"……."

할 말이 있을 리가.

물론 일부로 살짝 틀어 말하긴 했다. 외성의 사람들은 굳이 무린이 아닌 제갈세가가 움직여도 충분히 밖으로 빠져나갈 수 있다. 비밀통로로 말이다.

그러나 호연화는 그러한 사실을 뺐다. 물론 무린이 모를 거라 생각하지는 않았다.

총명한 아이니까 충분히 그 부분을 파악하고 있을 것이다. 하지만 그 부분으로 트집 잡지는 않을 것이라 생각했다.

그리고 호연화의 생각처럼 무린은 알고 있었다. 굳이 자신이 아니더라도 상관없지 않느냐고.

하지만 그 말을 할 수가 없었다. 그렇게 말하면 호연화도, 제갈세가 사람들도 그럴 것이다. 비천대의 희생을 대가로 살고 싶지 않다고.

즉, 결국 입장만 뒤바뀔 뿐 똑같아진다.

"대주."

"……."

여태 잠자코 있던 무혜가 무린을 불렀다. 무린이 가만히 무혜에게 시선을 돌렸다.

무혜의 눈동자는 차분했다. 누가 무린의 동생 아니랄까 봐 눈빛이 똑 닮아 있었다. 무린의 시선을 받은 무혜가 다시 입을 열었다.

"책임은 저에게도 있습니다."

"군사."

"비천대를 모아 달라 장 조장과 관… 조장에게 부탁했던 것은 저입니다. 그 대가를 저는 이제 갚아야 합니다. 비천대의 가족들을… 무사히 도망가게 해주고 싶습니다."

"……."

무린의 눈동자가 찌푸려졌다. 웬만해서는 얘기하고 싶지 않던 얘기다.

부담이 될까 봐 걱정됐기 때문이다. 하지만 그 얘기를 먼저 무혜가 말하고, 책임을 지겠다 하고 있었다. 이 부분은 무린으로써도 막을 명분이 없었다.

책임.

군사의 위에 앉아 있고, 비천대를 애당초 모은 게 무혜이니 그 책임은 반드시 져야 했다. 만약 무혜가 비천대와 연관이 없이 예전처럼 지내왔다면 그 책임은 무린이 졌을 것이다.

하지만 지금 무혜의 위치는 비천대의 중추다.

무린이 심장이라면 무혜는 머리다. 나머지가 팔다리, 관절,

혈액이고 말이다.

그러니 무혜는 그 책임을 피해갈 수 없었다.

무혜가 무린을 똑바로 바라보며 말했다.

"저는 비천대 군사로서 수성을 제갈세가에 맡기고 비천대는 외성의 주민들을 이끌고 퇴각할 것을 제의합니다."

"……."

군사가 퇴각을 제의했다.

이건 무린도 간단히 거부할 수 없는 일이었다. 왜? 자신의 마음이 내키지 않는다고 군사가 제의한 작전을 거부하면 위계 자체가 무너지기 때문이다.

심장이자 대주인 무린이나, 머리이자 군사인 무혜다.

동등은 아니더라도 비천대에서 차지하는 비중은 엄청났다. 그녀가 아니었으면 비천대는 이미 갈가리 찢어졌을지도 모를 만큼. 그러니 발언권이 상당한 정도가 아니라 엄청나다.

"모든 것을 종합해서 생각해 본 결과, 어머니의 말씀이나 제갈세가 분들의 말씀이 옳습니다. 지금 저희는 외성의 주민들을 이끌고 비천성을 빠져나가는 게 가장 현명한 판단입니다."

"군사."

"이 자리에서 전부 다 죽이고 싶으시면 고집 부리셔도 상관없습니다. 하지만 저는 대주께 반기를 들어서라도 주민들을 이끌겠습니다."

"……."

반기를 든다.

반드시 비천대의 가족들을 구하겠다는 무혜의 의지가 느껴졌다.

그 의지는 무린의 의지에 비해 조금도 떨어지지 않았다.

두 사람의 시선이 마주치면서 숨 막히는 분위기를 만들어 냈다. 무린도 무린이지만, 무혜도 존재감만큼은 엄청났다.

전장을 전전하면서 자연스럽게 그녀의 몸에 배인 위엄은 무린에 비해 확실히 모자랄지 몰라도, 그렇다고 상대도 안 되는 정도는 아니었다.

게다가 애초에 그녀의 성정. 절정의 무인인 남궁유성의 내력이 섞인 기세에도 대놓고 버티면서 할 말은 다 하던 그녀다.

"그만, 두 사람 그만하게나."

중재를 나서는 이가 있었다.

지금까지 아무런 말도 하지 않고 대화를 듣기만 하던 문야(文爺), 제갈문인이었다. 무린의 스승이기도 한 그의 말에 무린은 무혜에게서 시선을 뗐다.

"지금 이러는 순간에도 위협은 시시각각 다가오고 있네. 아군끼리 이럴 때가 아니야. 그리고… 나도 명이나 연화, 혜

아의 의견에 찬성하는 바이네. 비천무제여."

"……."

끝에 붙인 비천무제란 단어.

무린의 별호를 불렀다는 것은 공적인 자리에서 종합적인 의견이란 것을 무린에게 주지시키기 위함이었다. 그 또한 무린은 눈치챘다. 이제 그만 대세를 따르라는 문인의 말을.

하아…….

무린의 입에서 결국 깊은 한숨이 흘러나왔다.

체념.

어쩔 수 없는 상황이라는 것.

사실 무린도 알고는 있었다. 고집을 부렸던 건, 모두가 살 수 있는 방법을 조금이라도 갈구해 보고 싶어서였다. 물론 그 이전에 정말 동료의 목숨으로 자신의 삶을 연명하고 싶은 마음이 정말 조금도 없어서이기도 했다.

으드득…….

두둑…….

이가 갈리고, 움켜쥔 주먹의 관절이 살려달라고 아우성을 질러댔다.

격렬한 감정이 무린의 가슴으로 스며들어 왔다. 반항조차 못 하고 그 감정에 무린은 고스란히 몸을 실었다. 그리고 아예 눈을 감아버렸다.

그런 무린을 보는 사람들. 그들은 무린을 보고 뭐라 하지 않았다. 무린의 마음을 모를 리가 없었다. 어떻게든, 모두가 함께. 그런 마음 때문인 것을 모두가 다 알고 있었다.

"낄낄낄… 이거 찝찝하게 됐는데?"

"누가 아니라냐. 흐음."

갈충의 짜증스런 말을, 제종이 받았다.

현재 분위기는 명확했다.

제갈세가 인물들은 비장했고, 비천대는 심기가 매우 불편했다.

무린처럼 이들도 동료의 목숨을 대가로 생존을 갈구해 본 적이 없는 이들이었다.

무린도 무린이지만, 애초에 연명부의 작성을 맡은 이가 소향이다. 애초에 인성이 제대로 잡혀 있지 않은 이들은 인명부에 등재조차 될 수 없었다.

비천대 전부가 지금 최초로 동료를 두고 도망쳐야 하는 상황에 빠졌다. 그러니 가슴이 답답한 게 당연했다. 심기도 매우 불편해졌다.

하나 군사의 제의다. 무린이 표정을 한껏 굳힌 채 침묵해 버렸다는 것은 결국 제의를 받아들였다는 것.

조장들이 나설 수 없는 노릇이었다.

비천대 조장들의 얼굴도 전부 굳었다. 그리고 무린을 따라 눈을 감았다. 듣기만 할 뿐, 관여하지 않겠다는 분명한 표현이었다.

그 모습을 보고서도 무혜는 아무런 표정 변화 없이 입을 열었다.

"길림 공성전에 대해 들으셨는지요."

"들었다. 성을 폭파시켰다지."

"예, 이번에도 그럴까 합니다."

"흠… 가능하겠느냐."

"물론입니다. 막유철 장인께서 그렇게 설계하셨다 합니다. 기밀입니다만, 성벽의 틈 사이에 화약이 든 특수한 철구를 요소마다 박아 두셨다합니다."

"허… 선견지명이 대단하시구나."

"남해에서는 진지를 내주느니 아예 폭파시켜 버린다고 합니다. 적에게 주느니 아예 없애 버리겠다는 뜻이지요. 비천성도 마찬가지입니다. 적에게 넘겨주느니, 그럴 상황이 오면 아예 버리겠다는 생각으로 축성하셨다 합니다."

"흐음."

"그건 제가 준비하겠습니다. 가주님께서는 성벽을 맡아주십시오."

"알겠네."

후우…….

그 대화가 끝나고 무린의 입에서 한숨이 흘러나왔다. 무혜의 말, 돌려 말했으나 그 말은 곧 성벽에서 시간을 끌다 죽어 달라 말하는 것과 조금의 차이도 없었다. 눈 하나 깜빡하지 않고 그런 부탁을 하는 무혜도 놀랍지만, 그걸 담담히 받아들이는 스승님과 제갈세가 인물들도 그저 놀라웠다.

원한, 분노가 온몸을 잠식하고 있다는 걸 알고는 있지만, 목숨을 초개처럼 버린다는 것. 그건 정말 쉽지 않은 걸 알기 때문이다. 생존 본능은 모든 본능 중에 가장 수위를 다투기 때문이다.

지잉.

지이잉.

뇌리에 간질하다.

아, 왔어요……. 오고, 아니… 다가… 아아…….

그리고 머리로 단문영의 혼란스러운 말이 전해졌다. 무린도 느꼈다.

소름이 확 올라왔다. 포식자가 온다. 그것도 지독히 난폭한 폭군이자, 여제다.

세상을 말아먹을 먹이사슬의 최종 단계에 우뚝 선 자가 오고 있었다.

느껴졌다.

한 걸음, 한 걸음 비천성과 가까워지고 있음을.

"아……."

저도 모르게 탄성이 흘러나왔다.

머릿속에 어둠이, 어둠이… 밀려왔다.

아무것도 보이지 않는, 시꺼먼 어둠이었다.

第百九十四章

마녀출현(魔女出現)

귀환병사

"대주?"

딱딱하게 군은 무린의 표정을 보고 위화감을 느꼈는지, 무혜가 무린을 불렀다.

무린은 그 부름에 답하지 못했다. 끈적끈적한 어둠이 살그머니 몸을 감싸고 있었다. 단순히 그런 기분을 느낄 뿐이지만 무린은 그 기분을 절대 무시하지 못했다.

무시하기에는 현재 느끼는 감각이 지독히 불길했다.

지금 당장 뭔 일이 터져도 결코 이상하지 않을 것처럼.

"대주."

무혜가 다시 한 번 무린을 불렀다. 무린은 이번 부름은 들었다. 하지만 바로 대답하지 않고, 일단 머리를 털어 머릿속을 가득 매우고 있는 불길함을 떨쳐 내려 했다. 그러나 역시 금방 떨쳐지지는 않았다.

여전히 찝찝한 얼굴로 입을 여는 무린.

"마녀가 오고 있다."

"예⋯⋯?"

"멀지 않아. 근방까지 다 온 것 같다."

"아⋯⋯."

무린의 말에 무혜도 탄성을 흘렸다. 으음⋯ 하면서 장내에 있는 이들도 탄성을 흘렸다.

마녀의 존재는 지금은 모두가 안다. 물론 직접 만나본 적이 없어 마녀가 얼마나 무서운지는 모르지만 무린이나 문인이 풀어 놓은 마녀의 존재는 그야말로 신적인 존재다.

보통 믿을 수 없는 얘기를 들으면 인간은 두 가지로 판단한다.

당연히 믿지 않는 부류가 하나다.

자신이 직접 본 것만 믿는 이들이 딱 첫 번째 부류에 들어갈 것이다.

이들은 오로지 눈으로 보고, 몸으로 겪어야만 믿을 수 있을 것이다. 지극히 현실적인 이들이다.

두 번째는?

당연히 고스란히 믿는 이들이다.

물론 그냥 믿는 건 아니다. 신뢰할 만한 대상에게서 나온 말이어야 할 것이다. 그런 면에서 문인이나 무린은 신뢰감이 충분하다 못해 넘쳤다.

무린이 전한 마녀. 문인이 전한 마녀. 거의 똑같았다.

반드시 설명하는 것도 있었다.

대적 불가.

마녀는 그 존재 자체로 재앙이었다. 흉하다 못해 역신이라고 해도 정말 조금의 모자람도 없을 것이다. 그런 마녀가 지금 다가온다. 무린이 근처에 왔다 하니 역시 이 또한 거짓말은 아닐 것이다.

"당장 피한다. 도망가야 돼."

무린은 즉시 퇴각을 제의했다. 이미 상체는 세우고 있었다. 처음 마녀를 만났던 심양. 그곳에서는 사실 마녀의 진짜 무서움을 느끼지 못했다.

정말 대단하다. 급이 다르다. 지독한 어둠을 품고 있다. 이 정도만 느꼈다.

하지만 탈각을 이루고 나니 마녀의 진짜 무서움이 속속들이 보였다. 탈각의 무인조차 꽁꽁 묶어 두는 그 말도 안 되는 능력이다.

그날 마녀가 작정했다면?

그곳에 있던 소향 일행과 단문영, 그리고 자신은 반드시 죽었을 것이다. 무혜가 정신을 차렸다.

"시각이 없습니다. 지금 당장 이곳을 빠져나가겠습니다. 제갈세가 분들도 수성은 포기해 주십시오. 마녀가 온 이상 아무런 의미가 없습니다."

마녀가 와도 수성은 하려고 마음먹었다. 하지만 지금은 수성 준비를 할 시간이 없었다.

준비된 상태였다면 비천성을 폭파시켜 피해를 주겠지만, 지금은 그것도 힘들었다. 성을 폭파하는 게 그리 쉬울 리가 없다.

예전 길림성과 다르게 비천성은 지어진 지 얼마 안 되는 성. 견고하기 그지없다. 물론 막유철 장인이 성을 폭파시키는 것을 계산해 설계하고 준공하긴 했지만 당연히 폭파는 많은 과정이 필요하다.

지금부터 준비해도 새벽은 되어야 할 것이다. 단순하게 기관 하나 만지작거린다고 뻥, 하고 터지는 게 아니라는 소리다. 하지만 이미 마녀가 등장했다.

다 필요 없어지게 됐다.

"군사, 먼저 출발해. 일단 내가 최대한 시간을 끌어보겠다."

"대주, 그건……."

"걱정 말고, 절대 살아서 나갈 테니."

"…알겠습니다."

무린의 말에 무혜가 어쩔 수 없이 고개를 끄덕임 수긍했다. 무린의 눈빛을 보니 결코 무모할 일을 할 것 같지는 않았다.

무혜가 일어서서 나갔다.

그 뒤를 비천대 조장들이 무린에게 경례를 하고 전부 따라 나갔다. 문인이 앉은 자리에서 무린을 보더니, 이내 몸을 일으켰다. 말이 아닌 눈빛으로 이미 무린에 대한 걱정을 충분히 표명한 문인이었다.

전부 다 나가고 나니 회의장에는 호연화만이 남았다.

"아들."

"예, 어머니."

"조심하렴."

"예."

호연화도 길게 말하지 않았다. 무린은 어머니가 나가자 머릿속으로 조용히 중얼거렸다.

문영, 려 아가씨를 부탁한다.

그 중얼거림은 혼심을 타고 단문영에게 흘러들어갔다. 네,

걱정 말아요……. 하는 대답이 돌아왔다. 이제 이각 정도만 지나면 비천성은 텅텅 빌 것이다. 공성을 위해 축조한 성이지만, 마녀라는 존재 하나가 등장함으로써 곧바로 버려질 성이 되어버렸다.

물론 이미 그동안 충분히 비천성은 잘 버텨줬다.

*   *   *

기잉.

기잉!

비천신기가 회전하기 시작했다. 숨 한 번 고를 시간이 지나자 어느새 최고조에 올라섰다.

파스스스!

무린의 주변에 있던 잡기들이 무린의 기세에 밀려나갔다. 무형이 아닌, 유형의 기세였다.

대놓고 자신의 존재감을 뿌리는 무린. 물론 이렇게 하지 않아도 마녀는 충분히 자신을 찾아올 거라 생각했지만, 이건 다른 이유가 있어서였다.

슥!

무린의 신형이 꺼지듯이 사라졌다.

쾅! 순식간에 벽을 뚫고 나가 지면에 안착, 이후 곧바로 다시 공중으로 쏘아져 나갔다.

탁! 탁! 두 번의 도움닫기로 성벽 위로 올라선 무린. 새까만 어둠이 무린을 반겼다.

아무것도 보이지 않았다. 마군은 불을 피우지 않았기 때문이다. 그러니 검은 어둠이 깔린 적막한 평야만 보였다.

기잉!

기이잉!

비천신기의 내력이 더더욱 돌았다. 한계까지 올라간 비천신기가 찢어지는 비명을 흘려냈다.

끼이잉거리면서 더 이상의 회전은 자살이라고, 터질 거라고 알려왔다.

최고조에 오른 비천신기의 내력을 바탕으로 무린이 천천히 입을 열었다.

"더 이상 다가오면 죽겠다."

우웅……!

공기가 파르르 떨렸다.

어둠도 파르르 떨렸다.

비천신기의 내력이 가득 실린 목소리가 전방으로 물결처럼 퍼졌다. 잠시 후, 화답처럼 '후후후' 하고 짧은 웃음소리가 무린의 귀로 전달됐다. 그 웃음에는 아주 적나라한 비꼼이 들어 있었다.

무린은 그 소리가 들려온 위치로 시선을 돌렸다. 저 멀리 일렁이는 어둠이 보였다.

일반인은 볼 수 없는 거리에서 일렁이는 어둠은 그 자리에 멈춰 있었다. 무린의 협박이 먹힌 것이다.

무린은 시각을 끌기 위해 자신의 목숨을 걸었다. 물론 이는 마녀가 자신을 죽이지 못한다는 걸 알기 때문에 벌인 짓이다.

비천신기는 마녀의 금제에도 돈다. 예전 숲 속에서 마녀에게 신체를 구속당했을 때, 육체 내부에서 비천신기는 돌았다. 내력의 움직임까지는 막지 못한다는 것은 이미 그때 확인했다.

그러니 마녀가 무슨 짓을 하려고 하면? 비천신기가 내부의 장기를 갈가리 찢어버릴 것이다. 그럼으로써 무린의 육신은 죽지만, 반대로 마녀도 자신이 원하는 바를 이룰 수는 없을 것이다.

그건 마녀에게도 손해다. 비천신기를 얻기 위해 마녀는 지금까지 기다렸으니까. 지금 무린이 죽으면 또 언제까지 기다려야 할지 기약 자체가 없어진다.

느려진 세계.

마녀의 모습이 아주 천천히 보이기 시작했다. 초감각이 드디어 마녀의 신형을 잡아낸 것이다. 어둠을 뚫고 말이다.

무린은 확실히 성장했다. 푸르게 변한 머리색은 마치 또 한 번의 탈각 같았다.

아니, 각성. 탈각보다는 각성에 가까웠다. 마치 원래의 자신으로 돌아가는 각성처럼 들렸다.

휘이잉.

바람이 무린의 푸른 머리를 마구 헤집고 지나갔다.

"청룡왕. 아직인가?"

몇 보인지 모를 거리에서 들려온 마녀의 목소리. 마치 귀 옆에서 말하는 것처럼 너무 또렷하게 무린의 청각에 잡혔다.

"청룡왕?"

무린의 얼굴이 그 소리에 찌푸려졌다.

도저히 알아듣기 힘든 단어였다. 정소민에게 듣기 전까지 단 한 번도 들어본 적이 없는 단어였고, 자신과는 아무런 연관도 없었다. 청룡이라니. 그 단어의 뜻을 모르는 건 아니었다. 동쪽을 수호하는 사방신 중 하나가 바로 청룡이다.

"아직도라니… 너무 늦어. 이러면 곤란한데……."

"……."

푸념. 한숨.

마녀의 감정이 고스란히 느껴졌다. 저러니 제아무리 무린이라도 무슨 뜻인지 이해를 할 수가 없었다. 어떤 단서라도 있어야 이해하겠는데, 그냥 청룡왕. 이 단어로는 도저히 이해가 안 갔다.

"요한, 이건 무슨 뜻이지?"

"진명. 비천무제 진무린, 너의 진명이다."

"진명?"

"그래. 그대의 진명이다."

"……."

진명이라니.

아주 당연하게도 저 말 또한 이해가 안 갔다. 요한이라는 단어는 태어나 처음 들어봤다. 그런데 그게 자신의 진명?

진무린이라는 이름이 아닌 요한이 원래 자신의 이름이라는 뜻인가?

'설마 그럴 리가. 만약 그랬다면 어머니께서 말씀을 안 해 주셨을 리가 없어.'

속이는 건 별로 좋아하지 않는 어머니다. 분명 요한이라는 단어가 자신과 연관이 있었다면 어머니는 얘기해 주셨을 거라 생각하는 무린이다. 하지만 어머니는 말을 하지 않으셨다. 그렇다면 아예 연관이 없다는 뜻.

"이상한 소리를 하는군."

"이상한 게 아니야. 그게 청룡왕, 당신이 가졌던 첫 번째 이름이다. 모든 게 시작됐던 그 세계의 이름, 청룡왕 요한. 그게 당신 이름이야. 기억해 봐라."

"기억나지 않는다. 그런 이름 따위 처음 들어……."

"후후후. 거짓말을 하는군. 요즘 꿈을 꿀 텐데? 시기가 오고 있다."

"……."

어둠 속에서 들려온 마녀의 말에 무린은 잠시 인상을 찌푸리고 말았다.

저 말은 부정할 수가 없었다. 요즘 확실히 무린은 꿈을 꿨다. 알지 못하는 인물을 중점으로 말이다.

푸른 머리의 젊은 사내다. 얼굴에 강철가면을 쓴 호리호리한 여인과, 검붉은 강철주먹을 끼고 붉은 머리를 휘날리는 여인도 옆에서 보인다.

그 외에도 거칠게 생긴 많은 인물이 보였다. 하지만 가장 중요한 건, 꿈의 배경은 거의 대부분이 바다였다는 사실이다.

그런 꿈을 요즘 무린은 거의 매일 꾸고 있었다.

"역시. 이제 완연히 기억해 낼 때가 올 것이다. 내 이름은… 기사왕 유라. 당신의 이름은 청룡왕 요한."

"그만."

불길한 목소리에 담겨 있는 어떤 힘이 느껴졌다. 그건 매우 신비로우면서도 은밀했다. 진동을 타고 들어온 그 힘은 무린의 뇌리 속에 살짝 침입하려 했다.

기잉!

그 순간 비천신기가 즉각 반응했다. 접속하는 순간 이미 주인에게 해를 끼칠 힘이라 판단을 내린 것이다.

파삭!

"개수작 한 번만 더 하면 당신은 두 번 다시 비천신기를 손에 넣을 수 없을 것이다. 또다시 수없이 많은 세월을 기다려야 할 거야. 이건 경고가 아니다."

"후후후, 좋아. 대화만 나누도록 하지. 나는 약속을 지킨다. 하지만… 이렇게 멀리서 얘기하는 건 별로군. 내가 가도록 하지."

슥,

바람이 뭔가를 스치는 소리가 들렸다. 무린은 천천히 시선을 왼쪽으로 돌렸다.

어느새 근처까지 다가온 마녀가 성벽 위에 걸터앉아 있었다.

복장은 그때 봤던 복장과 달랐다.

완전히 차려 입은 갑주. 중원의 갑주가 아니었다. 온몸을 감싸는 새하얀 갑주. 흑기사의 갑주와 비슷했지만 좀 더 세련되고, 이질적인 기운이 느껴졌다.

억제. 겉으로 나오는 것을 잡아 안으로 도로 가두는 기운이다. 초감각이 잡아낸 정보이니 맞을 것이다.

무린은 가볍게 두어 걸음 뒤로 물러났다.

"대화는 중요해. 특히 청룡왕, 당신과의 대화는 말이야."

"나는 청룡왕이 아니다. 요한이라는 이름도 기억나지 않아. 사람을 잘못 본 것 같군."

"이 내가… 사람을 잘못 본다? 있을 수 있는 일이라… 생각해?"

"……."

설마.

무린은 대꾸하지 못했다. 사르르, 금가루를 묻혀 놓은 것 같은 머리카락이 바람에 휘날렸다.

아무것도 없는 어둠에 금빛 물결이 요동친다. 범인이 본다면 순식간에 그 신비로움에 사로잡힐 광경이었으나, 무린은 아니었다.

여전히 냉정한 시선으로 마녀를 바라봤다.

"군도, 플로렌시아의 개. 기억나지 않나?"

"……."

프… 발음도 제대로 되지 않는다. 아예 생소한 단어였다. 당연히 기억나지 않았다.

이상한 단어의 향연에 무린의 얼굴은 점차 굳어졌다. 생소한데… 생소한 게 분명하다. 마녀의 입에서 지금 나오는 단어들을 무린은 분명 처음 들었다. 뜻도, 심지어 발음조차 안 되는 단어다.

그런데…….

'음…….'

툭.

의식. 아니, 무의식에 표면에 파문이 생겼다. 고요한 연못에 돌덩이 하나가 풍덩 떨어진 것과 같은 모양새였다. 그런 무린의 상태를 알아차렸을까? 마녀가 다시금 입을 열었다. 이번에도… 처음 듣는 단어들이다.

"누렌나할, 미카엘. 이 이름도?"

"……."

당연히 처음 듣는다.

하지만 무린의 의식이 순식간에 제멋대로 움직이면서 꿈속에서 봤던 인물들과 발음조차 힘든 저 이름들을 연관 지었다.

'첫 번째 이름은 붉은 머리 여자… 두 번째 이름은 내 뒤에 서 있던 중년 사내……? 뭐지, 이게 대체…….'

순식간에, 자신의 의사와는 상관없이 이루어졌다.

꿈은 미치도록 생생했다. 얼굴 면면도 전부 기억이 날 정도로.

현재 비천대와 닮은 얼굴들은 아무도 없었다. 애초에 인종이 달랐다.

마치 남만의 묘족이나, 곤륜노라 불리는 이들과 닮은 이들도 있었다. 골격도 달랐다. 언어는 물론 문명 자체도 완전히 달랐다.

사막을 건너면 나오는 색목인들의 나라에 가면 비슷한 인종들이 나올까? 그렇게 생각될 정도로 닮은 점이 하나도 없었다.

"그럼 검처녀는?"

"윽……!"

그 순간 나온 마녀의 말에, 순간 무린은 신음을 내뱉었다.

마녀의 말이 끝나는 순간 심장이 옥죄이는 것 같은 통증을 느낀 것이다. 이건 아프다 못해… 치명적이었다. 마치 독에 중독된 것처럼 순식간에 호흡이 제멋대로, 들쑥날쑥 마구 뱉어졌다.

무린 정도의 무인이, 탈각의 무인에게 일어난 현상이라고는 절대로 생각할 수가 없었다.

호흡은 이미 극한까지 단련한 무린이다.

기잉!

기이잉!

비천신기가 마구 돌면서 무린을 안정시켜 갔다. 주인이 곤경에 처하자 멋대로 움직인 것이다.

"역시 그 이름은 잊지 않았군. 당연한 일인가? 영혼에 각인된 이름일 테니. 후후후……."

마녀의 말이 끝났음에도 무린은 여전히 인상을 찌푸리고 있었다. 아직 호흡이 안정되지 않았기 때문이다. 그래서 마녀의 쓸쓸한 웃음에 신경 쓸 여력도 없었다. 그저 답답하고, 아플 뿐이었다.

'대체, 대체 왜……!'

그 단어에 심장이 미친 듯이 요동치는지.

정말 영문을 모를 무린이었다. 난생 처음 듣는 단어다. 조합할 수는 있지만, 자신과는 그 어떤 연관도 없는 단어. 검, 그리고 처녀의 단어가 붙어 있다. 의미는?

검처녀라는 단어 하나가 무린의 가슴을 아예 헤집고 있었다. 푹푹 파고, 갈가리 찢어버리고 있었다.

"안타까워. 검처녀가 이곳에 없다는 게. 그녀가 있었다면 청룡왕의 각성을 앞당길 수 있었을 텐데."

"검처녀… 누구지?"

"후후, 이제야 관심이 가나? 좀 전까지만 해도 아무런 관심도, 상관도 없다는 얼굴을 하고 있더니 말이야. 후후후."

"……"

푹 찌르는 그녀의 말에 무린은 다시금 침묵했다. 궁금하지 않을 수가 없었다. 대체 누군데 자신의 심장을 이리 뛰게 하는지. 이건 정말 단 한 번도 느껴본 적이 없는 감정이었다. 뭐라고 정의를 내릴 수도, 설명할 수도 없었다.

왜?

처음 느껴보니까.

지극히 생소하니까.

검처녀라는 단어가 무린에게 건넨 선물이다. 그러니 아주 솔직하게 말하자면 궁금했다. 도대체 정체가 뭔지.

"최초의 청룡왕. 즉, 이런 개 같은 상황이 일어난 최초의 차원에서 당신의 반려였던 여인."

"……."

뒤이어 조용히 마녀가 말했다.

검처녀, 율리아나.

나직하게 흘러나온 그 말을 무린은 조용히 중얼거려 봤다.

"유, 율리… 아나."

힘들긴 하지만 발음을 못 할 정도는 아니었다. 하지만 그렇다고 자연스럽지도 않았다. 오히려 반대, 부자연스러웠다. 그런데 웃긴 건 또… 익숙한 느낌이란 거다. 익숙하단 감각이 마치 수줍은 색시처럼 무린의 의식 속에 툭 하고 나타났단 점이다.

"검을 잘 쓰던 여인이었지. 기구한 인생을 짊어진 여인이기도 했고."

"……."

누군지 알 것 같다.

자신의 우측에 있던 여인. 순백의 강철 가면을 쓴 여인. 마녀가 말한 검처녀 율리아나는 꿈속의 그 여인을 지칭하는 것 같았다.

"떠올랐나?"

"꿈에서… 봤다."

"꿈에서? 아직도 꿈이라니… 역시 너무 늦어."

마녀의 목소리에 살짝 짜증이 담겼다.

천진난만함이 아닌, 고혹적인 모습에서 나오는 짜증이라 섬뜩했다.

무린은 즉시 경계했다.

비천신기가 여전히 주인의 심장을 겨누고 있었다. 싫다고 떼를 쓰는 중이긴 하지만 비천신기가 아무리 발악을 해도 무린의 의지를 거부할 수는 없을 것이다.

마녀가 자신의 육체를 구속해도 내력은 움직이니 만약 마녀가 무린에게 손을 쓰려는 순간, 비천신기는 흩어질 것이다. 주인의 심장을 찢어버리고 나서 말이다.

"동생은 만났지?"

그때 마녀가 다시 입을 열었다.

동생?

"북원의 무신을 말하는 거라면, 만났다."

"참 미안한 동생이지. 내가 왜 이러는지에 대해서도 들었지?"

"대충은."

"후후후, 청룡왕 요한. 당신은 나를 미쳤다고 생각할 거야."

"당연히."

미쳐도 아주 단단히 미친 광년이다. 머리에 꽃 단 정도로 저 여자의 의식을 표현할 수는 없을 것이다.

세상 자체의 멸망이라니.

천지번복이라니.

그런 생각을 하고, 그걸 도저히 가늠하지도 못할 세월을 기다려 가면서까지 성사시키려고 하는 광적인 집착에는 아주 치가 떨린다.

"당신이 태어나길 기다렸지. 준비는 예전에 끝났는데, 이 세상의 핵을 파괴할 방법이 없었어. 내 관일로는 핵을 지키는 방어선을 삼분지 이 정도밖에 파고들 수 없거든. 그래서 나머지를 대체할 힘을 찾았어. 모든 것을 뚫는 절대적인 관통력. 그때부터 천기를 보았지. 그리고 알게 됐어. 청룡왕 요한의 영혼을 가진 비천무제 진무린이 이 시대에 탄생하는 것을."

"……."

다른 건 들리지 않았다.

청룡왕 요한의 영혼을 지닌… 비천무제 진무린. 등 뒤로 식은땀이 흘렀다.

저 집요함. 그게 정말 소름끼쳤다.

"하나 물어볼게. 인간인 주제에 영생을 얻었어. 원치도 않았는데 말이야. 늙지도 않아. 시간이라는 개념 자체가 내게는 적용되지 않아."

"……."

시각이 적용되지 않는 인간.

무린은 아주 잠깐 생각해 봤다. 자신이 영생을 손에 넣는다는 생각해 보니… 그저 끔찍했다. 동료는 물론 가족 모두가 세월의 힘을 이기지 못하고 흙이 되어 돌아갈 때, 자신은 그 모든 것을 지켜보아야 한다.

백 년이 지나면?

미치지 않으면 다행일 것이다.

"그래서 나는 이 모든 것을 다시 바로잡으려고 해. 청룡왕 당신의 운명까지."

"누가 부탁했나?"

"후후, 안 했지. 하지만 그래도 해야 돼. 이게 끝인 것 같지? 지금 내 동생들은 수십, 수백, 수천, 수만의 차원을 돌면서 이 지긋지긋한 싸움을 계속하고 있어. 온전한 동생들의 영혼을 지닌 채 태어나서 말이야. 이게 정상일까? 여기만 해도 그래… 내 동생들이 있어. 만나봤을 거야. 광검제 위석호, 그리고 함께 있던 미오도. 만나봤지?"

"……."

무린은 고개를 끄덕였다.

동생의 얘기가 나올 때부터 마녀의 목소리가 착 가라앉았다. 그건 분노해서가 아닌, 슬픔이 담겨 있어 가라앉았다. 그 슬픔의 무게를 이기지 못해서 말이다.

다른 말로 하자면… 한(恨)일 것이다.

"그 아이들은 알고 있어. 이곳의 자신은 진정한 자신이 아니라는 것을. 이곳이 원형의 세계가 아니라는 것을. 본래 그곳에서 끝났어야 할 생(生)이, 그 빌어먹을 개자식 때문에 전생을 기억한 채 수천, 수만의 세계를 떠돌며 살아야 한다는 것을."

"……."

그것도… 영원히.

무시무시한 소리였다. 기억을 간직한 채 수천, 수만의 세계를 살아야 한다? 자신이 그렇게 된다면?

생각만 해도 끔찍하다.

그때 번뜩 드는 생각.

'잠깐, 이건… 내게도 통용되는 말인가?'

"맞아."

생각하기 무섭게 마녀의 목소리가 들렸다. 흠칫한 무린이 마녀를 다시 의식하자, 그녀의 목소리가 공간을 건너뛰고 귀로 들어와 박혔다.

"청룡왕 요한. 당신도 예외는 아니야."

"……."

그것도 아주 무겁게.

"각성하는 순간 알게 될 거야. 지금이… 몇 번째인지. 후후, 후후후! 아, 참고로 말하자면… 내 동생은 이미 천 번을 넘었다고 하더군."

"……."

마, 맙소사…….

말문이 턱 막혔다. 기억을 간직한 채 천 이상의 생을 반복한다? 가능하고 자시고를 떠나 저 말은 그냥 그 자체로 무시무시하고, 소름이 끼쳤다.

"정신력이 약하다면 미치기라도 하겠지만, 아쉽게도 운명은 우리가 미치는 것조차 허락해 주지 않았어. 아니, 오히려 그 어떤 세계라도 기억을 고스란히 가지고 아주 열심히 현 상황에 열중하게 만들어놨지. 비틀린 차원에서 튕겨 나갈 때 그렇게 설정되어 버린 거야. 후후, 후후후!"

"……"

꿀꺽.

마지막의 웃음에서 무린은 저도 모르게 침을 삼켜 버렸다. 본능적인 공포감이 엄습했다. 마녀의 웃음 속에 깃든 그 끝을 알 수 없을 정도로 깊은 분노 때문이었다. 아주 확실하고 또렷하게 느껴졌다.

웃고 있지만, 웃는 게 아니었다.

지독한 분노.

이렇게 된 자신의 운명과, 이렇게 만든 대상 자체를 향한 활화산 같은 분노. 모든 것을 파멸시켜서라도 바로 잡고 싶어 하는… 광기도 같이 느껴졌다.

광검제가 보여주었던 광기는 정말 어린애 코흘리개 같았다고 느껴질 정도였다. 탈각 이후 찾아온 진화.

이 두 과정을 거치며 극한으로 단련된 무린의 전신에 소름이 돋게 만들 정도다. 이미 인간, 그 영역을 아득히 벗어난 신의 분노다.

무린은 느끼는 순간 그렇게 생각했다.

"내 동생은… 이곳에서의 운명이 어떻게 부여되는지 알아?

나를 막는 거야. 후후, 후후후. 하하하하! 진심전력으로 나를 막아서는 것! 그게 운명이야… 그럼 나는? 죽지도 못 하는데 어떡해야 되나?"

"……."

꿀꺽!

침이 연이어 넘어갔다.

지독히 긴장한 육체. 침샘이 마구 자극되면서 거의 분비라고 해도 될 정도로 입안에 쏟아냈다.

입술을 열고 있으면 줄줄 흘러 버릴 것 같았다. 그만큼 무린은 극도의 긴장 상태였다.

성벽 위에 걸터앉아 있는 마녀는 여전히 어둠 속을 응시하고 있었다. 손을 뻗더니 어둠을 움켜잡았다.

"죽여야지. 아무리 동생이지만… 너무 미안하지만……. 바로 잡으려면……."

죽여야지.

선언이었다.

슬프지만, 절대로 그러고 싶지 않지만, 자신과 자신의 동생들에게 주어진 운명과 차원의 족쇄를 끊어버리기 위해서라면 동생의 영혼을 지니고 있는, 그래서 동생 그 자체라 할 수 있는 이들까지도 죽여 버리겠다는 선언이었다.

"당신도 마찬가지야. 아마 각성하게 되면… 저주할걸. 이

운명을."

"나는……."

"안 그럴 것 같지? 장담할게. 분명히 그렇게 될 거야. 검처
녀 율리아나. 단지 이름만 들어도 설렐 정도로 영혼에 각인
됐어. 그런 반려를 찢어놓은 그 개자식을, 이런 영원한 고통
을 받게 만든 그 씹어 먹어도 시원찮을 개자식을 분명… 증오
하게 될 거야. 후후, 이미 알겠지만 청룡왕 당신과 나, 동료였
어. 후후, 후후후!"

"……."

"우리 둘 말고도 더 있어. 전쟁상인 유린자, 철혈기마대주.
그리고… 미친 개. 후후, 하지만 모두가 같은 운명이야. 차원
을 정처 없이 떠돌고 있을 거야. 후후후!"

"……."

정신이 서서히 빠져나가는 것 같은 웃음을 들었을 때, 무린
은 마녀의 말보다는 그 웃음에 집중했다.

'위험…….'

내재된 광기가 점차 표면으로 올라오는 것 같았다. 터지기
일보직전이다. 심지가 타들어가기 시작하는 화탄이 떠올랐
다.

초감각이 '위험' 하니, '도망' 치라고 속삭였다. 아니, 빌었
다. 이곳에 더 있다간 그녀의 광기에 잠식당할 것 같았다. 그

녀가 품은 어둠에 먹혀 버릴 것 같았다. 본능, 무의식 깊은 곳에 있는 본능은 이미 마비당했다.

마녀의 어둠을 감당하지 못해 마치 기절을 택한 것 같았다 이성적인 판단은 그저 지금 이 정도가 전부였다

'도망…….'

후후, 후후후…….

불길한 웃음이 어둠 속에서 울려 퍼졌다. 메아리처럼, 연못에 일어난 파문처럼 마녀의 웃음이 어둠을 울렸다. 심약한 자들은 듣는 순간 그대로 혼절해 버렸을 것이다. 정말 재수 없으면 심장도 멈출 것이고.

무린조차 어질어질할 정도였으니까…….

"걱정 마. 지금 청룡왕 당신에게 어떻게 할 생각은 없으니까. 알고 있지? 비천신기 속에 내가 뭔가를 심어둔걸."

"……."

"개화의 꽃이지. 광검제에게 심었던 것과 똑같은… 후후. 당신도 슬슬 눈 뜰 거야. 아, 자살할 생각은 하지 마. 내가 고치는 게 더 빠를 테니까. 그러니 지금 심장을 겨누고 있는 신기도 거두도록 하고."

"……."

말투가 변했다.

나른했던 목소리가 아닌 지극히 절제된 목소리다. 그러니 좀 더 또렷하게 들렸다. 마녀가 자리에서 일어났다.

여전히 어둠을 응시하다가, 사라졌다. 정말 그냥 사라져 버렸다. 마치 어둠과 동화해 버린 게 아닌가 싶었다. 그러나 무린의 귀로는 아주 똑바른 마녀의 목소리가 들렸다.

다음에 만날 때는… 청룡왕 요한이길 바랄게.

마치 연인에게 속삭이는 것처럼 나긋한 목소리다.

"……."

이게 대체…….

무린은 움직이지 못했다. 머릿속이 너무 혼란스러웠다. 대화는 듣기만 했을 뿐, 이해한 건 정말 극소수였다. 딴 세상 이야기를 들은 것 같았다. 구전이나 문자로 전해져 내려오는 전설을 들은 기분이었다.

어렸을 적 어머니가 해준 설화나 전례동화를 들은 기분이었다. 들으면 재미있어만 할 뿐, 이야기 그 자체가 담고 있는 본질적인 의미는 전혀 깨닫지 못하는. 그런 이야기를 들은 기분이었다.

그래서 멍했다.

"요, 한······."

멍하니 열린 입술에서 한 글자씩 흘러나온 단어. 거의 본능처럼 내뱉은 단어였다.

그 단어들은 성벽 위를 찾아온 바람에 바스라져 버렸다. 무린은 그리고 느껴 버렸다. 이야기가··· 마지막 장에 들어섰다는 것을.

第百九十五章

개화(開花)

귀환병사

무린은 마녀가 떠나고 한참이 지나서야 정신을 차렸다.

그것도 자의가 아닌 타의에 의해서 말이다. 대놓고 퍼져 나오는 기파가 느껴졌다. 무린은 그 기파의 주인이 누구인지 즉시 알아차렸다.

기파 자체가 너무 익숙했다. 익숙하다 못해 친숙하게 느껴질 정도였다. 소수의 전승자, 정소민이었다.

정소민의 기파는 정확히 무린을 향하고 있었다. 성벽 위, 무린의 위치를 정확히 파악한 것이다. 물론 그 정도야 놀랍지도 않았다.

"⋯⋯."

하지만 무린은 긴장했다.

지금까지와는 전혀 다른 기질이 기파 속에 섞여 있다. 백일간 대결하는 동안 정소민의 기파에 살심은 크게 섞여 있지 않았다.

무린을 죽이지 못하는 사실이 가져다 준 결과였다. 왕여옥을 죽인 무린은 정소민에게 그야말로 원수 중에 원수였다. 찢어 죽여도 시원찮을 원수 말이다.

그럼에도 마녀 때문에 무린에게 큰 위해를 가하지 못했다. 분명 팔다리 하나씩 자르겠다고 했지만, 그건 아마 마녀에게 막혔을 것이라 무린은 생각했다.

마녀가 등장한 지금, 정소민의 기파는 전과는 완전히 달랐다. 그날 왕여옥을 죽였던 날보다도 농도 짙은 살심이 느껴졌다.

비천무제!

쩌렁!

어둠 속에서 정소민의 강렬한 외침이 터졌다. 소리에 잔뜩 담긴 내력이 평야에서 화탄처럼 터졌다. 펑! 하고 터지자, 열기가 성벽 위 무린에게까지 날아왔다. 무린은 그 소리를 신호라 생각했다.

쉭!

무린의 신형이 성벽 위에서 꺼지듯이 사라졌다. 비천신기를 극성으로 끌어올려 도망치는 것이다.

'온다!'

동시에 초감각이 쫓아오는 정소민을 잡아챘다. 무린은 외성으로 떨어진 즉시, 내성벽을 빙글 돌아갔다. 그 후 뒤쪽의 성벽을 향해 달리는 무린. 몇 번의 걸음 만에 어느새 무린의 신형이 성벽 위에 안착했다.

그 후 비상.

슈아악!

쏘아진 화살처럼 어둠 속으로 쏘아진 무린의 신형이 순식간에 비천성을 벗어났다. 탁! 비선성에서 한참 떨어진 숲 속을 그대로 뚫고 들어가는 무린.

우지직!

이제 겨우 새싹을 피워 내는 나뭇가지들을 거칠게 부수고 숲으로 들어간 무린의 신형은 움직임을 멈추지 않았다.

지면에 착지함과 동시에 튕기듯이 전방으로 쏘아졌다.

타다다닷!

지면을 박차는 소리가 무린의 신형이 이미 사라지고 나서야 뒤늦게 들렸고, 그 이후 마치 유령처럼 정소민의 신형이 그 자리에 나타났다.

"무제……!"

바닥에 내려선 정소민이 거친 외침을 터트렸다. 지금까지의 냉정하던 그녀는 없었다. 억누르고 있던 분노를 터트린, 딸의 복수심을 마녀의 허락을 받아 터트린 또 다른 마녀만이 있을 뿐이었다.

"……."

숲은 고요했다.

봄이 왔다.

당연히 풀벌레 우는 소리라도 들려야 하지만 그런 소리는 아주 조금도 들리지 않았다. 숲 자체가 마치 숨을 죽인 것 같았다.

"……."

무린은 숨어 있었다.

현재 정소민의 있는 곳에서 약 이십 장 정도 떨어진 덤불 속에 몸을 숨기고는 정소민을 살피고 있었다.

현재 무린은 초감각을 제외하고는 그 어떤 것도 하지 않았다. 내력의 움직임도 비천신기도 초감각을 유지하기 위한 최소한으로 돌리고 있었다. 물론 이 정도도 아마 정소민에게는 걸릴 거라 생각했다.

하지만 지금 무린은 생각할 시각이 필요했다. 당장 비천성을 떠나기는 했지만 그 뒤를 생각하지는 않았다. 전혀 예상치 못했던 대화 때문이었다.

복잡해진 머릿속 때문에 정상적인 전투를 이거 갈 상황이 아니었다.

지금 정소민과 싸우면?

'필패… 진짜 어느 한 곳 잘린다.'

죽지는 않는다.

마녀는 무린이 죽는 걸 허락하지 않았을 테니까. 하지만 지금 상황에 팔이나 다리 하나가 몸에서 떨어지는 것도 굉장히 큰 문제였다. 최소한의 피해로 이곳을 벗어나야 했다.

'비천대와 합류가 먼저야. 다른 건 전부 나중 일!'

가장 최우선은 역시 탈출이다.

그 후 비천대와의 합류.

무린은 제일 첫 번째 목적을 그렇게 잡았다. 하지만 역시 문제가 있었다. 아직도 가만히 서 있는 정소민 때문이었다. 지금 움직이면? 정소민은 반드시 무린의 위치를 파악할 것이다.

'그리고 따라오겠지. 따돌리기는 힘들어…….'

보통 무인도 아니고 소수의 전승자다.

내력은 아마 마르지 않는 샘에 비유해도 결코 부족하지 않을 것이다. 물론 무린도 달리기만 한다면 내력 분배를 통해 하루 종일 달릴 수도 있을 것이다. 육체적 체력도, 정신력도 아주 충분했다.

하지만 그건 정소민도 마찬가지다. 정소민은 오로지 내력으로 무린을 따라올 것이다. 그녀가 지칠 거라는 것은 상상이 가질 않는 무린이었다.

'따돌릴 거면 여기서 승부를 봐야 해. 방법이 있을 거야…….'

무작정 도망치는 걸로는 분명 먹히지 않을 테니까.

무린은 일단 숨을 최대한 죽였다.

척후병 시절을 떠올리며 기척 또한 완전히 죽여 나갔다. 스르르, 있는 듯 없는 듯. 무린은 점차 숲과 동화를 해나갔다.

하지만 세상사, 역시 마음먹은 대로만 흘러가질 않았다.

쩍.

'음?'

하복부에서 뭔가가 깨지는 소리가 났다. 그건 청각이 아닌, 마음, 심령으로 들려왔다.

무린은 즉각 그 소리에 반응했다.

쩌저적.

마치 금이 가는 소리와 비슷했다. 돌이나 알에 균열이 가는 소리.

'하필…….'

무린은 바로 눈치챘다. 이 소리. 마녀가 비천신기에 심어 놨다던 씨앗이 피는 소리였다. 껍질을 깨고, 개화를 하려는 조짐에서 나온 소리였다.

쩌저저저적!

균열은 순식간에 넓어졌다. 틈이 생기고, 비천신기가 요동 쳤다.

비천신기의 내단에 생긴 균열이라 진기가 마구 균열의 틈 새로 빠져나왔다.

비천신기의 요동은 그 틈새를 메우려는 발악이다. 마치 날 개처럼 펼쳐져 내단을 감쌌다. 하지만 균열은 그 날개마저 잡 아 찢어버렸다.

"크흑……!"

비천신기는 무린의 내부에서 광폭화됐고, 그건 곧 기세로 이어졌다.

화르르……!

마치 불길처럼 일어나는 무린의 기세. 동시에 정소민이 무 린의 기척을 감지하고 신형을 날려왔다.

숨 몇 번 쉴 시간 안에 무린에게 당도해, 새하얗게 명멸하 는 소수를 휘둘렀다.

촤악! 빛살처럼 내질러진 소수가 무린의 어깨를 노렸다. 기 잉! 비천신기는 무린의 내부가 난장판이 되어가고 있는 와중에도 움직였다.

필사적으로 내부를 제어하려는 무린을 대신해, 혼자 말이다.

슈악! 쩡……!

어느새 어깨로 이동한 비천신기가 소수를 튕겨냈다. 그걸로 끝내지 않고 반탄력을 일으켜 정소민을 밀어내기까지 했다.

두둥실 떠올라 뒤로 날아간 정소민에 바닥에 내려섰고, 자신의 손과 무린의 어깨를 번갈아 바라봤다.

"……."

이해를 못 하겠다는 표정이었다.

소수는 무적이다.

그녀가 아는 한, 구화의 전승자도 소수에 적중당하면 그대로 사망이다. 소수를 맞고도 무사했던 사람은 그녀 인생에 마녀가 유일했다. 그런데… 지금 무린이 튕겨낸 것이다. 오로지 내력으로.

그러니 이해가 안 가는 것이다.

그녀가 아는 무린으로서는 절대 불가능한 일이니까. 하지만 그녀가 지금 당장 무린의 상태를 알 리가 없었다.

화르르…….

타오르는 기세 속에, 무린의 머리카락이 떠올랐다. 마치 이야기 속에 등장하는 처녀귀신처럼 말이다.

화르르 타오르는 기세가 무린 주변의 어둠을 일그러트렸다. 일렁이는 어둠. 그걸 보는 정소민의 얼굴이 미미하게 찌푸려졌다.

"으음……."

일렁이는 어둠.

마치 마녀 같았다. 하지만 정소민은 다르다는 것도 금방 깨달았다.

기질이 달랐다.

마녀는 어둠. 반대로 무린의 저건 어둠이 아니었다. 단순한 기의 파도였다. 무린을 중심으로 물결처럼 퍼지는 기파가 어둠까지 일렁이게 만든 것이다.

단순한 환영이 아닌, 실제로 어둠을 일렁이게 만드는 힘.

그녀가 싸웠던 전의 무린과는 본질적으로 다른 기파였다. 정소민은 무린의 상태를 알아차렸다. 이미 언질을 받았던 것이다.

"이게 주가 말했던……."

개화.

본질의 각성.

"아……."

생각하니 탄성이 흘러나왔다. 타인의 각성, 개화를 보는 건 정소민도 처음이었다.

그녀의 각성은 스스로가 느끼기만 할 뿐, 지켜보지는 못했다.

관조? 하긴 했지만 거의 무의식에서 이루어졌기 때문이다. 그건 구화검도 마찬가지다. 구화검은 자신과 다르게 탈각도, 개화도 인위적으로 주의 손에서 이루어졌다. 당연히 못 봤었다. 그런데 지금 처음으로 주의 씨앗이 개화하는 장면을 목도하고 있었다.

신비(神秘).

충만한 신비감을 정소민은 순간적으로 느꼈다. 하지만 반대로 무린은 죽을 맛이었다.

'적을 앞에 두고… 크윽!'

내부의 균열이 점차 커졌다.

일렁이는 기파는 통제를 점차 벗어나고 있었다. 신체의 제어권조차 빼앗길 지경이었다.

자신의 몸을 자신이 통제하지 못한다는 것은 무인에게 치명적이었다.

지금 당장 정소민이 움직이면?

멀뚱히 서 있는 채로 당할지도 몰랐다. 한차례 공격을 막긴 했지만 비천신기가 극한의 소수공을 막을 수 있을 거라는 확신은 들지 않았다.

진심을 다해서 몸을 써도 정소민과의 승률은 오 할, 반을 채 넘지 못한다. 그게 냉정하게 무린이 내린 분석이었다.

그런데 하필 지금 이 순간, 마녀가 비천신기를 만들면서 심어 놓은 그 어떤 것이 개화를 하고 있었다.

파직!

'아……'

짜릿하다 못해, 솜털마저 곤두설 정도의 날카롭고 차가운 감각이 정수리부터 시작해 아래로 내달려 발바닥, 용천혈로 빠져나갔다.

그 순간 눈앞에 떠오르는 환영, 꿈결에서 봤던 것과 아주 똑같은 장면.

그러나 이번 환영은 좀 더 생동감이 넘쳤다.

'이건 마치 기억……'

전에 꾸었던 꿈은, 꿈이라는 자각이 있었다. 하지만 지금 것은 마치 자신이 실제로 겪은 기억 같았다.

잊고 있던 기억이 뇌리에서 떠오른 것처럼 느껴졌다. 그걸 자각하자마자 골이 뒤흔들리고, 내부가 진탕됐다.

비천신기의 균열은 여전히 계속되고 있었다.

"크윽……!"

폐부를 누가 꽉 쥐었다가 놓은 것 같았다. 심적, 육체적 통증이 모두 뒤따라왔다.

크으……! 무린은 신음을 흘리면서도 몸을 억지로 돌렸다. 정소민을 바라보기 위해서였다.

반 정도 돌아간 시선이 정소민을 잡았다. 정소민은 흥미로운 눈동자로 무린을 보고 있었다. 얼굴에 떠올라 있는 감정도 잡혔다.

흥미를 넘은 흥분.

'아, 젠장…….'

손을 쓰지 않는 이유야 모르겠지만, 저 흥분이 가라앉는 순간 공격은 시작된다. 정소민 정도의 무인이면 마음을 진정시키는 것은 정말 순식간일 것이다. 개화? 다 필요 없다. 지금 당장 무린은 최악의 위기에 빠졌다.

정말 눈 뜨고 팔을 내주게 생겼단 말이다.

'악!'

척추를 타고 다시 한 번 전기가 내달렸다. 그리고 그 짜릿함이 채 사라지기도 전에 뇌리로 폭풍이 몰아쳤다.

기잉!

치켜뜬 두 눈.

우웃빛 광채가 사라지고, 완전히 다른 색채의 광채가 자리 잡기 시작했다. 진청(眞靑)색이다. 저 대해의 깊숙한 바다의 색을 닮은 광채가 무린의 두 눈에 새롭게 떠오르기 시작했다.

화르르!

타오르던 머리카락 또한 색이 변하기 시작했다. 푸르긴 했었다. 하지만 하늘색에 가깝던 게, 현재 무린의 눈동자에 머무르고 있는 짙은 푸른색으로 변했다.

너무 진해 마치 어둠 속에서는 그저 검은색으로 보일 정도였다.

'개화… 각성이었나!'

이거나 저거나.

그저 사람에 따라 부르는 게 다를 뿐이었다.

무린은 각성을 이루고 있었다. 하지만 그 각성이 완전히 끝난 건 아니었다.

하늘색에서 멈췄던 머리색을 보면 알 수 있었다. 하지만 마녀가 심어 놓은 어떤 것이 비천신기를 깨고 나오면서 진화가 급속도로 이루어졌다. 육체를 살리기 위한 본능적인 진화였다.

신기의 내력과 운명, 그리고 주인의 의지가 만들어 내는 신비였다.

두둥! 두둥!

무린의 신형이 들썩이더니 툭 하니 떠올랐다. 정말 지면에서 약 일 장 정도를 떠올랐다. 파르르! 그 순간에도 기파는 어둠을 일렁이며 그 존재감에 세상에 과시했다.

괴사였다.

기사이기도 했다.

구전, 전설 속에서나 나올 일이 실제로 벌어지고 있었다. 수를 헤아릴 수 없는 인간이 죽을 때까지도 목도하기 힘든, 인세에는 구경할 수 없는 일이 벌어지고 있었다.

정소민이 무린에게 시선을 빼앗긴 이유도 그 이것 때문이었다.

말했듯이… 신비.

무린은 모르지만 지금 무린은 보는 순간 누구를 막론하고 시선을 빼앗을 정도의 압도적인 광경을 보여주고 있었다.

"아아……."

정소민의 입에서 탄성이 흘러나왔다.

화려하진 않지만, 그 무엇보다 압도적인 광경에 정소민은 실로 즐거웠다.

이성을 빼앗기지는 않았지만, 제 자신이 죽을 때까지 이런 광경은 두 번 다시 못 볼 거라는 걸 알기 때문이었다. 반대로 무린은 여전히 죽을 맛이었다.

하지만 그나마 다행인 게…….

'조금씩, 조금씩 돌아온다…….'

빼앗겼던 제어가 조금씩 돌아오고 있었다.

복잡했던 의식도 제어가 되고 있었다. 새로운 것들이 차곡차곡 쌓였지만, 무린은 현재에 집중했다.

최우선은 육체의 통제였다. 당장 눈앞에 대적이 있기 때문에 이는 무조건적으로 이루어야 하는 과제.

광채가 두 눈에 담겨 있지만, 시야에는 문제가 없었다. 여전히 정소민은 움직일 생각을 하지 않았다. 불행 중, 무지 다행이었다.

퉁…….

균열이 갔던 비천신기가 어느새 정상적인 모습을 되찾았다. 다만, 색이 변했다. 우윳빛 색이었던 비천신기가 무린을 본질을 뜻하는 색인 진청으로 변했다. 차분하고, 냉정하고, 그리고 독한 색이었다.

'끝나간다.'

진화는 하루 종일 걸리지 않았다.

일다경도 걸리지 않았다.

숨 몇 번 쉴 시각이 지나자 압도적인 광경을 보여주던 무린의 기파가 천천히 가라앉았다. 휘날리던 머리카락도 가라앉았다. 어둠과 동화되어 있던 두 눈의 광채도 가라앉았다.

탁.

떠 있던 무린의 신형이 저절로 지면에 내려섰다.

"……."

"……."

바닥에 내려선 무린은 손바닥을 들어 바라보았다.

살짝 이질적인 느낌이 감돌았다. 탈피를 이루진 않았는데, 뭔가 어색한 느낌이었다. 내 손이지만, 내 손이 아닌 것 같은 느낌이 조금이지만 들고 있었다.

육체 전체에 그런 느낌이 들었다. 하지만 심각한 정도는 아니었다. 미묘한 괴리감은 진화를 이룩해 냈기 때문이다. 탈각 때도 그랬듯이.

"이게 주께서 말하셨던 진화……."

"……."

주(主), 마녀를 뜻하는 단어였다.

마녀가 정소민에게 하는 모든 말은 아마 절대적일 것이다. 그러니 무린의 숨을 끊어서는 안 된다는 마녀의 말이 정소민에게는 거의 금제처럼 작용하고 있었다. 본능적으로 무방비 상태인 무린을 공격도 못할 만큼 강력하게.

"좋은 구경했어요."

"구경 값은 비싸."

"후후, 후후후. 그런가요? 얼마죠?"

말투가 다시 변했다.

처음에 봤을 때처럼 여유가 가득한 목소리. 그건 자신이, 정소민이 스스로 전심전력을 다해도 될 상황이 왔다는 걸 자각하고 나서 생긴 결과였다.

오히려 이쪽이 더 위험했다. 분노가 가득한 상태라면 분명 위험하지만, 오히려 공격이 단순한 된다. 또한 상황 판단력도 떨어진다.

왕여옥처럼.

위험하지만 오히려 상대하기는 쉽다. 한 방만 조심하면 되니 말이다. 하지만 지금처럼 냉정을 되찾으면 오히려 상대하기 까다롭다.

사냥꾼도 냉정한 늑대는 피한다고 한다. 성질 급한 호랑이는 잡아도 말이다.

하지만 그래도 무린은 잡을 생각이었다. 정소민이 아무리 냉정한 늑대라고 하더라도, 자신은 이제 사냥꾼 그 이상이 되어버렸으니까.

처음과는 상황이 변했다.

무린이 의식하는 순간 초감각에 접속됐다. 접속 속도가 전에 비해 배는 빨라졌다. 필요한 내력도, 뇌 자체를 압박하던 통증도 거의 없었다.

이제 거의 모든 순간을 초감각과 함께해도 큰 부담은 없을 것 같았다.

초감각이 숲 전체를 뒤졌다. 그걸로도 모자라 넓게 더 퍼져 나갔다. 은밀하게.

물론 마녀라면 이 초감각도 피할 재주가 있겠지만, 마녀가 아니라면 절대 피할 수 없을 것이다. 초감각에 걸리는 기척은 없었다.

잠시 생각해 보는 무린.

아주 짧은 순간이지만 승산이 있었다. 본질의 각성, 진화를 이룬 무린이다.

정소민은 모를 것이다. 그 안에는 완연한 승부사의 기질이 숨어 있었다.

"당신 목숨."

"……."

무린의 대답에 잠시 멍한 표정을 짓는 정소민. 그러다 이내 고개를 뒤로 젖히고 웃기 시작했다.

"호호, 호호호!"

정말 대소였다.

웃겨죽겠다는 감정이 다분했다. 무린의 말이 정말 정소민에게는 웃겼던 것이다. 그래서 무린도 웃었다.

자신의 말이 상대를 웃겨 웃은 게 아닌, 아직 상황 판단을 제대로 하지 못한 정소민을 비웃는 웃음이었다.

정소민은 강하다.

그건 분명했다. 현재 자신과 비교하자면… 여전히 우위다.

무력 자체는 전과 큰 차이가 없었다. 내력이 늘어난 것도 아니니까.

하지만 자신의 본질, 처음을 알게 된 것만으로도 무린은 충분히 변했다. 일단 기질 자체가 변했다. 아니, 추가됐다. 무린의 기세는 여전하다. 기파도 마찬가지.

하지만 그 안에 은밀히 숨어 있는 것이 있다.

말했듯이 승부사의 기질이다.

정소민은 아직 그것까지 파악하지는 못했다. 이런 승부사의 기질이 눈 뜨면서 예전 같았으면 당장 자리를 떴을 무린이 지금 이 자리에서 정소민을 상대하고 있는 것이다. 무린은 속내를 감췄다.

단순히 겉으로 보이는 건 아마 전과 큰 차이가 없을 것이다. 그러니 정소민은 여전히… 방심하고 있다.

"재미있는 걸 보게 해준 대가로 제가 선물을 줄게요. 음… 당신 팔 하나만 자르고 보내주는 것? 어때요?"

웃음을 멈춘 정소민이 웃으며 무린이게 말했다. 무린은 피식 웃었다. 고개를 두어 번 흔들어 턴 무린의 신형이 그 자리서 사라졌다.

콰앙……!

비홍과 소수가 만난 공간이 갈가리 찢어졌다.

第百九十六章 〈승부사(勝負師)〉

　투명한 궤적, 일렁이는 아지랑이. 정소민의 참격에 공간이 기괴하게 찢어졌다. 고도로 응집된 소수의 내력이 공기가 아닌, 공간 자체를 찢어발겼다.

　무린은 비홍을 들어 겨우 정소민의 참격을 흘렸다.

　파가각!

　비홍의 창신을 타고 정소민의 참격이 찢어지는 소리를 흘리며 그대로 바닥을 후려쳤다.

　콰앙!

　휘둘러지고, 흘러나간 소수의 내력이 안 그대로 엉망인 바닥을 더욱 엉망으로 만들어 버렸다.

가볍고, 너무나 날카로운 소리가 흐른다.

'집중!'

잡생각을 끊은 무린이 다시금 비홍을 흔들었다. 양끝이 파르르 떨리면서 윙윙거리는 날갯짓 소음을 만들어냈다. 쾌속의 진동 속에 비천신기가 점점 응축됐다.

어느새 안면 근처까지 온 손날. 무린의 비홍이 기쾌하게 휘둘러졌다.

쩡!

그대로 후려친 창격에 정소민의 소수가 튕겨 나갔다. 튕겨지는 자신의 손을 보며 정소민의 얼굴이 미약하게 찌푸려졌다.

튕겨 나갔다는 것 자체가 이상한 일이기 때문이다. 소수는 압도적인 파괴력. 즉, 강함을 담고 있다. 창이 꺾였으면 꺾였지, 소수가 튕겨 나가는 건 역시 말도 안 되는 일이다.

정소민은 십 보 정도 뒤로 물러났다. 이상함을 눈치챘기 때문에 잠시 생각할 시각이 필요했기 때문이다. 하지만 그걸 봐줄 무린이 아니었다. 전투 중에 생각?

'일각 안에 끝낸다!'

그 이상 지체하면 지원이 와도 전혀 이상하지 않았다. 아니, 애초에 왕여옥의 복수라는 상황만 아니었으면 정소민만 무린을 쫓아올 일도 없었다. 어떻게 해서든 생포하려고 했을 것이다.

비천성을 중심으로 천라지망을 펼쳐서라도 말이다.

그러니 시각은 촉박하고, 만약 일각 안에 끝내지 못할 시 무린은 즉각 도망칠 생각이었다.

전투 목표가 설정되자 무린의 신형이 흐릿해졌다.

사악!

어느새 다가선 정소민의 정면에 당도한 무린이 비청을 무자비하게 찔러 넣었다. 순식간에 비청의 환영이 생겨났다. 아니, 환영처럼 보이지만 환영이 아니었다. 공격 속도가 너무 빨라 환영처럼 보일 뿐이었다.

목, 하복부, 옆구리, 양 가슴까지. 순식간에 다섯 방을 찔러 넣는 무린.

쩡! 쩌엉! 쩌정!

스각!

공기 깨지는 소리가 네 번. 갈라지는 소리가 한 번 흘러나왔다. 베었나? 무린은 속으로 고개를 저었다.

'옷깃!'

베어 낸 건 옆구리의 의복이다. 마지막 타격 때 정소민이 슬쩍 창을 흘려낸 것이다. 궤적을 엇나간 창은 원래 찔렀어야 할 옆구리 대신 의복만 슬쩍 베며 지나갔다. 피륙에는 조금의 피해도 입히지 못했다.

슈각!

손날이 반월을 그리며 무린의 목젖을 노렸다. 기괴하다 싶을 정도로 빨랐다. 왕여옥과는 차원이 다르다. 게다가 이전 백 일간 싸웠을 때와도 달랐다.

진심이 담긴 공격이다. 무린의 공격에 조금이지만 옷자락을 베였다는 사실에 정소민은 순간 잊었다. 마녀가 무린을 죽이지 말라 했던 당부를.

텅……!

비홍을 수직으로 세워 올려쳤다. 비천신기가 가득 실린 비홍의 뾰족한 날끝이 정소민의 손목으로 정확히 찔렀다. 그로 인해 파생되는 북소리. 이후 정소민의 손날 궤적이 미끄러지듯 위로 올라갔다.

슈악!

무린의 귀 옆으로 살짝 스쳐 지나가는 소수. 날카로운 예기가 무린의 귓불을 갈라 버렸다.

팟! 소리와 함께 피가 훅 튀었다. 그러나 무린의 눈도 깜빡하지 않고 어깨로 정소민의 몸통을 들이받았다.

퍽! 소리와 함께 정소민의 몸이 붕 떴다. 그리고 뒤로 유유히 날아갔다.

무린은 일격을 먹였으면서도 결코 눈빛이 풀리지 않았다.

솜뭉치를 들이받은 느낌이었기 때문이다. 맞는 순간 정말 절묘하게 신형을 제어해 몸을 뒤로 날린 것이다. 웬만한 감각 가지고는 어림도 없는 일을 육체 제어다.

물론, 무린도 할 수 있다. 정소민이 아무리 감각이 좋아도 무린보다는 아래다. 무린 최대의 무기는 비천신기도 아닌, 전투 감각 그 자체니까.

슈악!

무린의 어깨가 급격히 당겨졌다가 앞으로 쭉 휘둘러졌다. 손에 잡혀 있던 비홍이 빛살처럼 뻗어나갔다.

쩡!

정소민은 무린의 투창을 손바닥으로 아래로 통 때렸다. 푹! 정소민의 가랑이 사이에 박히는 비홍.

슈악!

그 순간 무린의 신형은 이미 정소민에게 당도해 있었다. 뻗어나가는 비청. 창날의 끝에 푸르게 맴돌고 있는 비천신기가 흉포하게 꿈틀거렸다.

스윽!

정소민은 무린의 공격을 막지 않았다. 대신 신형을 빙글 돌려 무린의 뒤를 잡았다. 빙글 도는 회전력을 담은 소수가 무린의 뒤통수를 노렸다.

무린의 상체가 직각으로 푹 숙여졌다.

슈악! 그 순간 소수의 손날이 허공을 긋고 지나갔다. 탁! 바닥에 박힌 비홍을 뽑아든 무린은 그 자세에서 중심축을 회전시켰다. 낮게 굽혀져 있던 무릎이 올라서면서 탄력을 받았다.

스악!

아래에서 위로 그대로 비홍을 쭉 그어 올리는 무린. 푸른 궤적이 어둠 속에서 번쩍였다.

정소민의 상체가 뒤로 쭉 넘어갔다. 삭, 날카로운 예기가 정소민의 의복 앞섬을 슬쩍 베어냈다. 넘어가는 정소민이 손으로 그대로 바닥을 짚고, 지면을 밟고 있던 발을 띄어 올렸다.

퍽!

발등이 그대로 무린의 턱을 올려쳤다. 그러나 그 순간 무린도 이미 턱을 들어 올렸다. 덕분에 발끝만 살짝 닿았다. 제대로 맞았으면 아마 뇌가 뒤흔들렸겠지만, 말했듯이 무린의 실전 감각은 그 누구보다도 뛰어났다.

어느새 한 바퀴 뒤로 돌아 자세를 잡고 있는 정소민. 무린의 신형이 폭사됐다.

쩡! 쩌정! 쩡쩡!

순식간에 비홍과 비청이 번갈아가면서 정소민의 육신을 난타했다. 하지만 정소민도 무린의 공격을 모조리 소수로 쳐내고, 빗겨냈다.

파스슛!

마지막 찌르기가 정소민의 손바닥에 그대로 막혔다.

극! 그그그극!

비천신기의 내력이 소수의 내력과 부딪쳤다. 비천신기는 관통의 성질을 여전히 유지하고 있었다. 창날의 끝에 머물며 내력이 급속도로 회전, 소수공을 갉아내기 시작했다. 그러자 정소민의 인상이 확 굳었다. 무린이 대놓고 내력 싸움으로 몰고 간 탓이다.

"건방진……."

입이 열리며 정소민의 감정이 흘러 나왔다. 그녀는 화가 났다. 소수공은 절대적인 강도와 파괴력을 자랑한다. 그게 가능한 이유는 순음의 내력을 충만하다 못해 넘치게 모아주는 소수공의 특징 때문이었다.

소수공은 몸을 쓰는 기예가 아닌, 내력을 모으는 공부다. 즉, 내공심법이라는 소리다. 그것도 천고에 다시없을. 전설이라는 칭호가 너무나 잘 어울리는 공부다.

그런 소수공의 당대 전승자인 자신에게 무린이 내력 대결을 걸었다.

"입을 열 정도로 여유가 있나?"

"그런 당신은?"

근거리에서 붙은 두 사람이 으르렁거렸다. 표정은 서로 담

담하지만 열린 입에서 나오는 목소리에는 적나라한 감정이
담겨 있었다. 정소민은 분노. 무린은 지극히 냉정. 서로 극도
로 대조되는 감정이다.

"가소롭군요."

"해봐야 아는 거지."

"후후, 후후후……."

두 사람이 대화를 하는 와중에도.

그극!

그가가가각!

푸른빛 무리와 유리알처럼 투명한 빛 무리가 마구 깨져 나
왔다. 격렬한 내력 충돌이었다. 근데 그럼에도 두 사람은 서
로 대화를 나누고 있었다.

내력 대결 중 입을 열지 않는 건 기본 상식이다. 호흡이 빠
져나가기 때문이다. 빠져나간 호흡은 힘을 빼고, 덩달아 빠진
힘이 집중을 깰지도 모른다.

내력 대결이 시작되면 끝날 때까지는 입을 열지 않는다.

입을 연다는 행위 자체가 금기다.

하지만 두 사람은 그걸 싹 무시하고 있었다. 이미 그 금기
의 선을 아득히 넘어섰기 때문에 가능한 일이었다.

그가가가각!

대결은 점차 격렬해졌다. 주변으로 흩어지는 내력의 빛 무

리도 점차 많아졌다.

어둠이 확 밝아졌다. 어둠 속에 묻혀 있던 두 사람의 얼굴이 일순간 나타났다. 서로 미소 짓고 있었다. 정소민은 비릿한 미소를, 무린은 차가운 미소를.

번들거리는 두 사람의 미소는 그냥 흉측했다. 어둠 속에서 얼굴만 번뜩이는 바람에 더욱 더 그랬다.

범인이 봤다면 그냥 까무러쳤을 것이다.

콰가가각!

비천신기의 움직임이 변했다. 점차 긁어내는 폭이 좁아지기 시작했다.

파각!

그러나 이내 회전에 점차 막히기 시작했다. 소수의 내력이 비천신기가 집중되는 곳에 마찬가지로 집중되고 있었다.

뚫으려는 자와 막는 자.

두 사람은 아직도 여유가 있었다. 무린도 무린이지만, 정소민도 내력의 양, 질은 세상 그 누구에게도 밀리지 않는 무인이었다.

그극! 그가각! 그그극!

비천신기의 회전이 약해졌다, 다시 강해졌다를 반복했다. 정소민의 내력 역시 비천신기를 막았다, 조금 뚫렸다를 반복했다. 확실히 내력으로는 정소민이 위였지만 무린의 비천신기는 역시 특별했다.

하긴, 그러니 마녀가 비천신기를 굳이 필요로 하고 있을 것이다.

"……."

"……."

두 사람의 시선이 어둠 속에서 만났다. 튀는 빛 무리로 인해 아주 확실하게 눈빛을 교환할 수 있었고, 교환 즉시 서로 파악했다.

서로 노림수를 숨기고 있다는 것을 말이다.

내력 싸움으로 인한 소음을 제외하면, 사방은 조용했다. 끈적끈적한 긴장감이 순식간에 형성되고, 두 사람을 중심으로 퍼져 나가기 시작했다.

침이라도 꿀꺽 삼키는 순간 그건 천둥보다 더 큰 소음으로 들릴 것이고, 곧 형성된 고조감을 깰 것이다.

눈치를 본다.

무린의 입가에 걸린 차디찬 미소는 아직 지워지지 않았다. 정소민의 입가에 걸린 비릿한 미소 역시 마찬가지다. 그녀는 무린에게 이렇게 말하고 있었다.

어디 해보라고.

도발이었다.

전설을 계승한 자가 가지는 여유를 기반으로 나온 도발이었다. 무린은 그 도발을 굳이 무시하지 않았다.

'해주지.'

말했다.

무린은 본질을 각성했다고.

바다 위의 승부사였던 청룡왕 요한의 본질을 무린은 깨달았고, 그 본질은 무린의 기질은 물론 사고방식 역시 살짝 틀어 놓았다. 무린은 그 본질이 현재의 자신에게 동화되는 것을 거부하지 않았다.

'생각은 나중에! 일단 여기에 집중한다.'

결과적으로 비천무제 진무린에게 청룡왕이 더해졌다.

이게 득이 될지 실이 될지는 아직 아무도 모르는 일이지만, 무린은 느낄 수 있었다. 결코… 나쁘지 않다는 것을.

스윽.

무린은 손을 뒤로 당겼다.

손에 잡혀 있던 비홍이 무린의 등 뒤로 숨어들었다. 공격하겠다고 아주 대놓고 보여주는 무린이었다. 그에 정소민이 살짝 신형을 비틀었다. 전방을 보고 있던 상체를 틀어 뻗은 팔의 어깨가 앞으로 나오게 만들었다.

누가 보더라도 방어 자세였다.

무린의 자세에서 나올 공격을 이미 알아차린 정소민이다. 당긴 어깨, 숨은 비홍. 누가 보더라도 투창이었다. 지근거리에서 터지는 투창이다. 몸의 면적을 좁히는 건 당연한 일이다.

무린의 시선이 정확하게 정소민의 눈동자를 직시했다.

번들거리는 무린의 눈동자에 다른 감정이 하나 더 들어갔다.

진득한 살기.

하지만 예전 무린의 살기와는 역시 달랐다. 미묘하지만 차이점이 있었고, 정소민은 그걸 알아차렸는지 살짝 얼굴을 굳혔다.

그때.

슈악!

무린의 어깨가 빛살처럼 뿌려졌다.

동시에 정소민의 신형이 그대로 뒤로 누웠다. 비홍이 만든 푸른 궤적이 정소민의 젖혀진 가슴 위를 간발의 차로 지나갔다. 그야말로 쾌속. 이런 공격을 순식간에 펼쳐 낸 무린도 대단하지만 그에 반응해 상체를 눕혀 피해낸 정소민도 역시 무린에 비해 결코 떨어지지 않았다. 웬만한 절정무인은 단숨에 죽여 버릴 공격이었다.

푸욱!

비홍이 정소민의 십 장 뒤에 있던 바위를 뚫고 그대로 지나갔다. 그리고 뒤에 있던 바위에 반 이상을 뚫고 들어가며 멈췄다.

실패?

끝이 아니었다.

그가가각!

무린이 비청을 좌우, 위아래로 흔들었다. 십자를 그리며 흔들어 대니 소수공에 틈이 생겼다.

잡혀 있던 비청을 그대로 뽑아낸 무린. 내력 대결을 이런 식으로 끝내는 걸 누가 본다면 거품을 물었을 것이다.

상식을 뒤집었으니까.

하지만 둘은 역시 상식 밖의 존재였다. 내력의 역류 없이 대결을 끝낸 두 사람이 그대로 부딪쳤다.

쩡!

쩌저정!

순식간에 네 번의 공수를 주고받았다. 범인의 시각으로는 결코 따라잡을 수 없는 속도. 그래서 충격파조차 뒤늦게 주변으로 퍼질 정도였다.

타닷!

무린이 엇박자로 물러났다. 정소민의 신형이 쭈욱 무린을 향해 달려들었다. 스악! 뒤집힌 손날이 무린의 턱을 노리고 아래에서 위로 아름다운 궤적을 그리며 날아들었다. 그러나 아름답다 생각하는 저 궤적에 턱을 맞는 순간 그리 아름다운 광경이 펼쳐지지는 않을 것이다.

고개가 살짝 재껴진 무린의 신형이 옆으로 뱅글 돌았다. 정소민의 공격이 아슬아슬하게 무린의 턱을 빗겨갔다.

팟!

피가 튀었다. 하지만 이 정도야 얼마든지 내어줄 수 있는 공격이다. 역공만 가할 수 있다면.

무린의 팔꿈치가 접혀지며 정소민의 어깨를 찍어갔다. 스 각! 정소민의 옷자락이 다시 베였다. 막지 않고 피한 정소민 은 두어 걸음 물러났다. 무린은 후려친 팔꿈치의 원심력을 이 용해 몸을 돌리고, 그대로 뒤돌려 찼다.

쩡!

채찍처럼 뻗어나간 발이 기어코 정소민의 어깨를 후려쳤 다. 내력이 실린 돌려차기에 정소민도 대응, 비천신기의 내력 은 막아냈지만 그 힘은 막지 못하고 뒤로 주르륵 밀렸다. 어 느새 몸을 다시 돌려세운 무린이 다시금 전방으로 쇄도했다. 완전히 근접 격투로 들어선 무린이다. 원거리전은 정소민의 틈을 빨리 만들어 낼 수 없다고 판단한 것이다.

타다닷!

쉭!

오 보 거리에서 신형을 띄운 무린이 그대로 무릎으로 정소 민을 복부로 올려쳤다.

날듯이 뛰어오르며 찍어가는 무린의 무릎은 쩡! 소리를 내며 막혔다. 정소민이 손바닥으로 막은 탓이다. 하지만 무린의 공격은 끝나지 않았다. 자유로운 팔로 비청을 그대로 역수로 돌려 잡아 정소민의 쇄골을 내려찍었다.

쩡! 쩌저정!

그극!

정소민은 손을 올려 그대로 손등으로 막았다.

무린은 그 막히는 첫 번째 찍기가 막히자 그대로 세 번을 더 찍었다.

순식간에 번개처럼 연타로 내려찍었지만 정소민은 꿈쩍도 하지 않았다. 무린의 신형이 내려서며 자연스럽게 딸려 내려오는 비청이 정소민의 손등을 긁었다. 그러나 철판 긁히는 소리만 날 뿐, 역시 정소민의 손등은 멀쩡했다.

무린도 이 정도 공격으로 정소민의 몸에 생채기를 낼 수 있을 거라는 생각은 하지 않았다.

'왕여옥처럼…….'

단숨에 뚫어야 한다.

전혀 의식도 못하고 있을 때, 소수의 내력이 움직이기도 전해 육신을 뚫어야 했다. 그러려면 정말 뜻밖의, 예상 밖의 공격이 아니면 소용이 없을 것이다.

'얼마나 지났지?'

전투 개시 후 많이 지난 것 같지만 실제는 그리 지나지 않았음을 무린은 느꼈다. 시각이 얼마 없었다.

비천성은 이미 함락됐다 봐야 하고, 마군은 이제 밖으로도 움직이고 있을 것이다. 초감각의 영역 끝에 거의 도달했을 수도 있었다.

'들어서는 순간 퇴각!'

그땐 뒤도 돌아보지 말아야 한다.

만약 그 이전에 정소민을 끝장내지 못하면? 미련 없이 무린은 몸을 돌릴 생각이었다. 제 한 몸 빼는 건 자신 있는 무린이었다.

의식이 그렇게 나가고 있는 와중에도 무린의 손발은 바빴다. 수없이 주먹을 뻗고 발을 뻗었다.

쩡!

쩌정!

일격 일격에 전부 비천신기가 잔뜩 담겨 있었다. 내력의 소모는 심하지만 이렇게 하지 않으면 소수를 막을 길이 없었다. 단순 내력의 질로 따지면 밀리지 않아도, 양으로 따지면 정소민이 무린보다 몇 수는 위였다.

어지럽게 손발을 놀리던 무린은 속으로 역시나 하고 생각했다.

'역시 박투가 생각보다 약해……'

파박!

무린의 다리가 정소민의 발목을 쓸어 갔다.

슬쩍 뛰어 피하는 정소민. 이번 회피를 보며 확신하는 무린이었다. 정소민은 왕여옥과 비슷했다. 굳이 피할 수 있는 걸 막지 않았다.

정소민은 경험이 있다. 확실하지는 않아도 분명 왕여옥보다는 갑절은 많을 것이다. 하지만 그 경험은 압도적인 파괴력으로 상대를 압살하는 게 대부분이었을 것이다. 피할 수 있는 공격은 피한다. 굳이 막지 않는 것이다.

'기품이라도 따지나?'

무린은 속으로 비웃었지만, 겉으로 내색하지 않았다. 역시 어리석은 부분이다. 공격은 최고의 수비다. 다른 사람에겐 몰라도, 무린에겐 이게 진리다.

수비. 그중 회피는 어쩔 수 없이 몸을 빼야 한다. 자세는 무너지게 마련이다. 반대로 공격은 반드시 자세를 잡아야 한다. 제대로 된 자세에서 힘이 나온다. 속도도 나온다. 회피는 공격을 위해 취해야 할 자세를 원활하게 잡아주지 못한다. 잡으려고 할 때마다 공격을 받으면 계속해서 공격 기회를 잃게 된다.

그러다가 한 번이라도 삐끗하면?

강을 건너는 것이다.

절대로 돌아오지 못할 강을 말이다.

'하나 준다. 믿는다, 비천신기!'

무린의 눈빛은 그대로지만, 속에서는 불을 뿜기 시작했다. 무린은 발을 높게 올렸다가 그대로 내려찍었다.

쾅!

발꿈치가 땅에 처박히고 바닥을 터트렸다.

정소민은 이미 옆으로 슬쩍 돌아선 상태였다. 표정의 변화는 없었다. 아직 무린의 속내를 짐작하지 못한 것이다. 발을 바로 뽑아낸 무린의 신형이 간결하게 통통 튀더니 옆으로 쭉 미끄러졌다.

속도는 가히 쾌속이다.

쩡……!

급소도로 처박힌 어깨치기에 정소민의 신형이 움찔했지만 비천신기는 고스란히 막아 냈다. 하지만 충격은 있었는지 정소민의 눈꼬리가 미약하게 떨렸다. 순간적으로 느껴지는 통증 때문일 것이다.

하지만 그렇다고 무린도 괜찮은 건 아니었다. 전설의 소수공으로 보호하고 있는 육신을 어깨로 들이받은 것이다. 비천신기가 거의 전부를 해소했는데도 어깨가 찌릿했다. 근육경련이 일어난 것이다.

그러나 무린의 표정 변화는 없었다.

그저 냉정하게 뒤로 물러나는 정소민을 시선 속에 넣고, 다시 움직일 뿐이었다. 쉬악! 비청이 쭉 뻗어졌다. 푸른 궤적이 어둠을 갈랐다. 궤적의 끝은 정소민의 명치가 있었고, 정소민은 역시 이번에도 피했다.

왕여옥과 똑같은 행동.

무린은 이제 보니 왕여옥을 죽일 수 있었던 이유가 정소민에게 있었다는 걸 알 수 있었다. 그녀가 싸우는 모습을 보며 수련한 왕여옥이다. 당연히 굳이 피할 수 있는 걸 막지 않았다.

'아무렴⋯⋯.'

뭐 어떤가.

기회라는 놈에게 계속해서 다가갈 수 있으니 불만은 없었다.

슈악!

이번에는 정소민의 공격이다.

손날이 무린의 얼굴 옆면을 노리고 들어왔다. 어둠이 일순간 갈라졌다. 무린은 이미 반응하고 있었다.

자세가 굽혀지며 손날을 피하고, 뻗었던 팔을 회수하며 그대로 정소민의 하체를 향해 그어버렸다. 슈각! 쩡! 정소민은 발바닥으로 비청을 막았다. 내력 대결이 끝난 이후 처음으로 무린의 공격을 막은 것이다.

그래도 정소민의 감은 살아 있는 것이다.

'연격이면⋯⋯.'

무린은 만약 정소민이 연격을 이어오면 몸을 뺄 생각이었다. 지금 현재 자신의 자세가 무너진 것을 알고 있었기 때문이다.

이 상태로 맞으면 비천신기가 막아준다 해도 잘못하면 어디 하나 제대로 작살날 위험성이 있었다. 한군데 주는 건 확실하게 정소민의 멱을 딸 때다. 단순히 당할 거라면 아예 줄 필요도 없었다.

무린의 창을 막은 정소민의 창이 무릎이 살짝 굳어졌다.

그 순간 무린의 숙여진 고개 사이로 푸른빛이 번쩍였다. 정소민의 이 동작이 무얼 뜻하는지 파악한 것이다. 무린은 초감각의 영역을 즉각 줄여, 이 공간에만 집중했다. 동시에 비천신기를 폭발적으로 돌리기 시작했다.

그웅!

기이잉!

무린의 의지에 반응한 비천신기가 마치 꼬리에 불이 붙은 망아지처럼 날뛰기 시작했다. 순식간에 절정을 넘어, 터지기 일보 직전까지 올라갔다.

세계가 느려졌다.

파삭⋯⋯.

훅 일어나는 기세에, 비천신기의 내력이 용천혈로 이동하며 생겨나는 기세에 흙덩어리들이 부서지는 걸 그대로 느꼈다. 그 순간 굽혀졌던 정소민의 무릎이 천천히 펴졌다. 자세에서 보면 안다.

정소민은 다시금 거리를 벌릴 심산인 것이다. 여유롭게 무린을 상대하고픈 마음일 것이다. 하지만 말했다.

지금의 무린은 전과 다르다고.

본질을 찾았다고.

쩌저저적!

비천신기의 내단에 실금이 가기 시작했다. 과하다 못해 아예 깨질 정도로 비천신기가 회전하고 있는 탓이다. 대신, 비천신기의 내력은 무린의 육체에 꽉 차다 못해 흘러넘치는 막강한 파괴력을 부여했다.

아주 짧은 순간.

세계는 여전히 느렸다.

팍! 올라가는 고개. 시선 끝에 이제 창에서 발바닥이 떨어진 채 떠오르기 시작하는 정소민이 보였다.

무린의 입가에 미소가 걸렸다.

진득한 미소고 회심의 미소다.

정소민의 안색이 확 일그러졌다. 뭔가 잘못됐음을 눈치챈 것이다.

'늦었어……'

하지만 이미 늦었다.

무린의 무릎은 이미 펴지고 있었다. 너무 빠르게, 마치 시공간을 초월한 것처럼 무린의 신형은 어느새 폭발적 가속을 받고 있었다. 휘릭. 손바닥에서 비청이 한 바퀴 돌아 역수로 쥐어졌다.

쩡!

초감각이 깨졌다.

비천신기가 초감각에 힘을 전해주지 못한 탓이다. 무린은 있는 힘을 모조리 한 번에 끌어다가 이 한 번 공격에 순간 집중했다. 초감각까지 유지하기는 무리였다. 게다가 비천신기 자체도 다쳤다.

무린은 공간을 접고 사라졌다 다시 나타났다. 위치는 정소민이 날아가는 공간의 바로 좌측.

"끝내자."

정소민의 얼굴이 딱딱하게 굳은 채 무린 쪽으로 돌아왔다.

"흑······!"

다급한 신음.

그러나 무린은 그 신음에 이번에도 진득하게 웃었다. 그 후 역수로 쥐고 있던 비청을 정소민의 오른쪽 가슴 위, 쇄골에 쑤셔 박았다.

퍼억……!

끼아악!

어둠이 갈라지며, 비청의 창날이 뼈에 긁혀 기괴한 소음을 만들어냈다. 정소민의 신형이 우뚝 멈췄다. 그녀가 내력을 돌려야지. 마음먹기도 전에 무린이 이미 육체에 비청의 푸른 독아를 쑤셔 박았다.

내력은 무한정 돌지 않는다. 그건 옛 고대나 가능했고, 내력을 이용한 방어는 모두 막아야겠다는 생각 뒤에나 움직인다.

그런데 무린은 지금 정소민이 그럴 틈조차 주지 않은 것이다. 내상까지 입으면서 말이다.

승자가 결정됐다.

정소민의 표정이 멍하니 변했다.

"크읍……."

헛바람이 정소민의 입에서 흘러나왔다. 쑤셔 박은 비청의 주변으로 붉은 핏줄기가 슬금슬금 기어 나오기 시작했다.

치지지직!

그리고 기화되어 증발하는 소리도 같이 들리기 시작했다. 비천신기가 핏물 자체를 증발시키고 있었다.

"어, 어떻게……."

"죽을 각오."

"가, 각오……."

정소민의 인상이 일그러졌다. 고통과 무린의 말 때문일 것이다. 무린도 무사하지는 못했다. 내상을 아주 제대로 입었다.

울컥! 피가 역류하면서 입을 통해 조금씩 흘러나왔다. 속이 뜨겁다 못해 타들어가는 것 같았다.

하지만 무린은 괜찮았다.

이 정도 내상으로 전설이라 불리는 소수의 당대 전승자를 잡았다. 남아도 한참 남는, 그야말로 최고의 장사였다.

극, 그으윽.

"크읍……."

무린은 비청을 잡은 손에 힘을 줬다. 그 후 아래로 천천히 그어 내렸다. 창날이 쇄골을 가르고 다시 천천히 아래로 내려왔다.

"크읍, 크으으읍……!"

비청이 심장에 닿았다. 비청에서 전해져 오는 감각을 통해 무린은 알 수 있었다.

잠시 멈췄다가, 일시에 그어버렸다.

푸화학!

거칠게 옷까지 전부 찢어버리고는 옆구리 쪽에서 멈춘 비청이 천천히 빠져나왔다. 쇄골부터 시작해 심장, 그리고 그 아래 장기까지 전부 찢어발기면서 비청이 나왔다. 정소민의 눈동자에서 빛이 순식간에 꺼졌다.

즉사다.

심장을 반으로 갈랐는데 조금이라도 버틴다는 것 자체가 말이 안 되는 일이다. 풀썩. 정소민이 실 끊어진 인형처럼 바닥에 무너졌다.

이후 뜨거운 피가 솟구치다가 멈추면서 바닥을 적시기 시작했다.

"후우, 후우……."

그제야 깊은 한숨을 내쉬는 무린.

욱씬!

"욱……! 웨엑!"

내상은 상당히 깊었다. 역류하던 피가 결국 무린의 입에서도 솟구쳤다. 기잉! 그 순간 비천신기가 돌았다. 제 주인이 다치는 꼴은 못 보는 삼륜공을 기반으로 탄생한 놈이다. 비천신기가 돌기 시작하자 피는 금방 멎었다.

몇 차례 구역질을 하고 난 무린은 천천히 허리를 세웠다. 그 후 입안에 모인 피를 모아 뱉은 무린은 다시 천천히 심호흡을 했다.

"……."

이후 바닥에 쓰러져 있는 정소민을 보는 무린. 죽은 자에게 애도? 무린은 그리 선한 이가 아니었다. 여자라도 적이라면 죽이는 무린이다. 그런 무린이 정소민을 애도할 리가 없었다.

무린은 시선을 떼고 신형을 돌렸다. 그 후 다시 상처를 치료하기 전까지 움직이지 말라고 격렬히 반항하는 비천신기를 무시하고 무풍형을 펼쳤다. 비홍을 회수한 무린은 곧바로 그 자리를 이탈했다.

무린이 사라진 자리로 금빛 물결이 서서히 생성됐다. 마녀였다. 마녀는 웃었다.

"조금 늦었구나……."

늦었다고?

웃기는 소리!

무린이나 소향이 들었다면 분명 그리 비웃었을 것이다. 나타난 마녀는 천천히 상체를 숙여 정소민의 아직도 떠져 있는 눈을 덮었다.

그 후 뺨을 몇 차례 어루만지고.

신형을 솟구쳤다. 숲 안에서 가장 높은 나무의 가지 위로 올라간 정소민은 하늘을 올려다봤다.

무수히 떠있는 별을 보더니, 이내 천천히 입가에 미소를 그렸다.

"드디어……."

드디어?

얼굴에 맺힌 표정은 너무나 분명했다.

환희(歡喜).

그것도 극도의 환희를 감추지 못하는 얼굴이었다.

第百九十七章　탈주（脫走）

귀환병사

흐윽,.흐윽.

거세게 나오는 숨을 꾹꾹 눌러 담은 무린은 정말 이를 악문 채 달리고 있었다. 핑. 짧은 소리가 들리는 즉각 얼굴 표정이 일그러졌다.

'지독한……!'

속으로 이를 갈면서도 무린은 몸을 뒤틀었다. 허리가 슬쩍 돌아가는 그 순간 검은 궤적이 옆구리를 스치고 지면으로 처박혔다.

푹, 하고 짧은 소음과 함께 형체조차 파악하지 못한 암기가 땅속으로 숨어들었다.

스응, 스응.

그림자처럼 따라붙은 살수 둘이 등 뒤에서 느껴졌다. 초감각을 극으로 유지하고 있는데도 근거리까지 도착한 다음에야 위치가 파악되는… 기가 막힌 은신술이다. 처음 이들과 마주쳤을 때 무린은 정말 죽을 뻔했다.

걷는 도중 갑자기 정면과 등 뒤에서 불쑥 튀어나와서 무린을 공격했다. 땅거죽이 움직이는 순간에야 무린이 눈치챘을 정도로 은밀하게 숨어 있던 것이다.

탈각, 거기에 더해 초감각을 유지하는 무린의 지척까지 들키지 않는 은신술.

그럼 공격은?

지독했다.

공격 전부가 뼈를 주고 목숨을 취한다. 아니, 그걸 넘어 너 죽고 나 죽자는 식으로 들어온다.

모든 방어를 배제하고 오직 상대의 숨을 끊기 위한 일격만 날린다는 소리다. 죽음에 대한 공포? 그런 건 없다.

유리알처럼 번들거리는 눈동자가 이성 따위는 아예 없다는 것을 일찌감치 깨닫게 해줬다.

핑. 파공성이 다시 들렸다. 그나마 다행이다.

공격의 순간 소음이 일어난다는 게.

하지만 이것도 무린 정도니 잡아 내지, 웬만한 무인은 아예 들지도 못할 극히 작은 소음이었다.

휘릭!

푹!

무린의 신형이 빙글 돌고, 암기를 다시 피해낸 다음 반 바퀴를 돈 채 멈춰 버렸다. 지지직! 탄성을 이기지 못하고 무린의 신형이 뒤로 주륵 밀렸다.

무린이 멈춰 서자 흑의인들과 거리가 순식간에 좁혀졌다. 극성의 무풍형도 쫓아오는 놈들이다. 도망치는 것만이 능사가 아니라는 걸 무린은 이미 너무 잘 알았다.

숨 한 번 들이마셨다 토해내는 시간보다도 빠르게, 무린의 좌와 우를 동시에 점한 채 흑의인들이 달려들었다.

쉭!

쩡!

직선거리를 접고 꼬챙이 같은 검이 불쑥 무린의 목젖을 노렸다. 그걸 비홍으로 튕겨내는 무린. 찔리는 순간 뒤는 없을 것이다.

이들의 암기는… 일류조차 뚫어낸다. 이미 한차례 일류으로 막으려 했다가 옆구리에 구멍이 뚫렸기 때문이다.

최강의 암살 군단.

마녀가 손수 키운 재앙덩어리들이었다.

거의 동시에 무린의 허벅지를 노르고 검이 흘러들어 왔다. 단순한 쾌속의 일격이지만, 그야말로 눈부시게 빨랐다. 무린은 튕겨 나온 반탄력을 이용해 비홍으로 다시금 공격을 막았다.

쩡!

다시 반탄력이 일어났고, 무린은 그 힘을 제어하지 않고 반대로 올라탔다. 신형이 빙글 돌고, 하체가 굽혔다가 퉁 튕겼다.

쉬릭!

쩡……!

강렬한 타격음.

무린이 원을 그리며 휘두른 비홍을 막은 흑의인이 검이 파삭 하고 깨졌다. 무기가 깨졌는데도 동요하는 빛이 없었다. 지면에 안착한 무린이 급격하게 튀어나갔다.

도주였다.

아니, 공격을 위한 잠시 후퇴였다.

무린의 신형이 쏘아지자 흑의인들의 신형도 같이 쏘아졌다. 그렇게 빠른 무린의 속도와 거의 버금갔다. 분명 특수한 기예를 익힌 게 분명했다.

느껴지는 내력은 분명 절정 정도인데, 단둘이서 무린을 상대하고 있었다. 피하는 것만이 능사가 아니지만, 그렇다고 붙는 것도 능사가 아니었다.

단순한 무력으로는 이들을 뿌리칠 수가 없었다. 그래서 무린은 온몸에 익어 있는 모든 감각을 토해내고 있었다.

가속이 절정에 도착하기 전, 무린의 신형이 빙글 돌아 뒤로 퉁퉁 튕기듯 물러났다. 신형을 다시금 흑의인들에게 맞춘 것이다.

기이잉······!

비천신기가 울부짖었다.

관성조차 무시하면서 온몸에 부하가 걸렸다. 욱씬! 뚫려 버린 옆구리에서 통증이 맹렬하게 일어났다.

눈살이 일순간 찌푸려질 정도의 격통이었다. 그러나 무린의 표정은 지극히 담담했다. 적에게 통증 때문에 일그러진 표정을 보여줄 만큼 무린의 정신력이 나약하지는 않았다.

파악!

지면이 터져 나가면서 무린의 신형이 쏘아졌다.

급격하게 가까워지는 거리. 준비도 도착도 무린이 먼저였다. 게다가 이들은 분명 무섭긴 했지만, 무린 정도의 무력을 실제적으로 보유하진 못했다. 가진 바 내력도 무린이 한 수 위.

파가각!

왼손에 들린 비청이 순식간에 흑의인 하나의 심장을 꿰

뚫었다.

저항은 있었지만 비천신기의 내력이 절정의 내력도 뚫지 못할 정도로 호락호락한 놈은 아니었다. 하지만 이런 게 가능한 것도 정소민을 죽였을 때처럼 인지 자체를 벗어나는 순간을 만들어내고 들어간 공격이기 때문이었다. 미처 반응하기 전, 그 순간을 노려 숨통을 끊어야 했다.

쩡……!

무린의 어깨로 검이 불쑥 들어왔다.

비홍을 들어 아래서 위로 튕겨내자 공격한 흑의인이 팔이 훅 튕겨 올라갔다. 활짝 열린 상체. 두드리기 딱 좋다.

푹.

이미 숨이 끊어져 있던 흑의인의 심장에서 비청이 뽑혀져 나오고 그대로 최단 거리로 움직였다.

쉬잇!

흑의인도 움직였다. 막기는커녕 비청의 궤도는 신경도 안 쓰고 오히려 무린의 목을 향해 손날을 쑤셔 박아왔다.

이게 무서운 점이었다.

자신의 심장이 날붙이에 꿰뚫려도 상대의 몸에 타격을 주려는 독심. 저 독심 때문에 무린은 옆구리를 뚫려야 했다.

쩡!

퍼억……!

순식간에 주고받는 공방.

승자는 무린이었다.

무린의 비청은 흑의인의 옆구리를 뚫고 들어갔다. 비청을 타고 들어간 비천신기가 삽시간에 흑의인의 내부를 뒤집고, 찢어발겨 버렸다.

그리고 무린은 그 짧은 순간에 비홍을 움직여 흑의인의 수도를 툭 쳐서 궤도를 틀어버렸다. 그게 승부를 갈랐다.

"……."

"……."

유리알처럼 탈색된 눈빛이 무린을 향했다. 무린은 그 표정에서 그 어떤 것도 읽어내지 못했다. 아프다, 고통스럽다? 그런 종류의 눈빛을 읽기에는 동공에 감정이 들어 있지 않아 무리였다.

푹.

창을 뽑아내자 흑의인의 신형이 빠르게 무너졌다. 무린은 쓰러진 흑의인을 일별하고 곧바로 몸을 날렸다.

투둑!

결국 억지로 막아놓은 옆구리의 상처가 터지면서 피가 흘렀다.

기잉! 비천신기가 돌면서 다시금 상처를 막아갔다.

무린의 신형은 갈대숲에 순식간에 동화했다. 그리고 어느새 숲을 벗어나 얕은 개울가를 건너 그 앞에 산으로 달렸다.

태산만큼은 아니나 높은 봉우리가 우뚝 선 산이다. 절대 작은 산은 아니었다.

입구의 추산(秋山)이라 적힌 바위를 지나쳐 무린은 빠르게 산의 어둠 속으로 숨어들었다. 쉭쉭 주변 전경을 지나치던 무린의 신형은 작은 동굴 앞에서 멈췄다.

하지만 동굴 안으로 들어가지는 않았다.

오히려 근처의 덤불 속으로 흔적 없이 들어갔다. 동굴은 위험했다. 걸리는 순간 꼼짝없이 포위당하는 것이다.

추격자가 만만하다면야 동굴 속에서 쉬는 것도 좋지만, 지금처럼 추격자가 만만치 않다면 동굴은 절대로 들어서서는 안 되는 곳이었다.

덤불은 우거졌고, 안은 넓었다.

무린은 웅크린 채 천천히 손을 내려 옆구리를 만져 봤다.

'빌어먹을…….'

제대로 뚫렸다.

게다가 암기에 뭔가 발라져 있었는지, 무린의 비천신기를 이용한 자연 치유도 막아서고 있었다.

겨우 틀어막아 놓았지만 조금만 격하게 움직이면 곧바로 터져 버렸다. 우웅. 몸속 비천신기가 다시금 터진 옆구리 때문에 힘을 쓰기 시작했다. 누구도 듣지 못하는 소리지만 무린은 그마저도 불안했다.

'설마 이 짓을 또 할 줄이야…….'

무린은 속으로 피식 웃었다.

이 짓.

마치 척후전 같은 지금의 탈주를 무린은 북방에서 정말 지긋지긋하게 겪었다. 특히 얼어붙은 대지에서 뛰었던 작전은 최악 중에 최악이었다.

단 한순간도 방심할 수 없는 곳. 잘못 발을 내딛는 순간 눈사태가 일어나거나, 얼음이 깨져 극한의 냉기를 지닌 물에 빠진다. 한 번 빠지면 끝장이었다.

몸을 빼내도 순식간에 온몸이 얼어붙어 갔다. 정확히는 몸속을 타고 도는 피가 얼어붙는 것이다.

피가 얼어붙기 시작하면 모든 게 귀찮아지면서 점차 졸음이 몰려온다. 그 상황에 눈을 감으면?

영영 이승과 작별하게 된다.

그런 곳에서도 무린은 살아남았고, 솔직히 전역하면서 그런 일은 이제 영영 이별할 줄 알았다. 그런데 웃기게도 탈각을 이룬 지금, 또다시 그런 상황을 마주해 버렸다.

'후우…….'

한숨이 나왔다.

무린은 현재 자신이 처한 상황을 제대로 파악하고 있었다.

어떤 상황이냐 하면… 지금 무린이 한숨을 쉬었을 정도로 최악이었다.

무린은 포위당했다.

비천성을 벗어나 약속했던 장소로 이동하려 했지만, 그 전에 무린은 흑의인들의 암습을 먼저 받아야 했다.

절정의 살수들이다.

게다가 마녀에게 특수한 기예를 이어받은 놈들이었다. 절정, 무린의 기준으로는 겨우 절정밖에 안 되는 놈들이 무린의 초감각도 벗어났다. 그들이 공격하고자 마음먹은 순간에서야 초감각에 걸려들었다.

다른 건 둘째 치고 무린의 초감각을 벗어난다는 점 자체만으로도 상성이 최악이었다. 무린은 감각 자체가 극도로 발달한 무인이다. 전투, 생존 감각 그 자체가 말이다. 그런 감각을 파고드는 적이 바로 흑의 복장의 살수들이다.

명칭도 제대로 모르는 이들 때문에 무린은 현재… 아주 제대로 쫓기고 있었다.

'그것도 적이 원하는 곳으로 말이지……'

꾸욱.

이를 갈기도 힘든 상황이라 감정을 최대로 절제한 무린이다. 후우, 다시 한 번 깊은 한숨을 속으로 내쉰 무린은 현재 위치를 상기해 봤다.

'강소성 사양… 완전히 거꾸로 가는군.'

원래는 하북으로 가야 했다.

하북으로 넘어가서 석가장과 합류. 그게 비천성 이탈 시 첫 번째 합류 지점이었다. 그런데 그게 흑의인들의 기습과 마군의 몰이로 인해 완전히 뒤집혔다. 올라가기는커녕 강소성으로 쫓겨 내려온 무린이었다.

제아무리 무린이라 하더라도 완전히 펼쳐진 천라지망을 뚫고 위로 올라가기는 무리였다. 만약 흑의인들의 존재가 없었더라면 그냥 무력으로 뚫었을 것이다. 그럴 만한 힘이 무린에게는 있었다.

정소민을 상대하며 내상을 입었지만 비천신기는 빠르게 치유를 하고 있었다. 하지만 흑의인들의 존재를 알고 난 직후, 암습을 당하고 옆구리에 구멍을 뚫리면서 무린은 마군과의 격돌을 무조건 피할 수밖에 없었다.

그래, 무조건이다.

격렬한 전투 중 흑의인의 암습을 막을 방법이… 없는 것이다. 무린이 지금껏 여기까지 오면서 잡은 흑의인 수가 겨우 열밖에 안 됐다. 기회가 있을 때 최대한 제거를 하고 있지만… 그래도 잡은 게 겨우 열.

'너무하는군…….'

마군(魔軍).

마녀의 군세.

'구화나 소수보다 이게 더 최악이군… 이 정도의 살수가 일백만 된다면 오가는 몰살이다…….'

무린의 초감각도 벗어나는 놈들이다. 이런 것들이 암습을 위해 담을 넘으면? 무린은 장담할 수 있었다.

천하제일가라 하는 남궁세가도 못 막는다. 죽었다 깨어나도 이들의 암습을 막지 못할 것이다. 암습 자체를 막을 수 있는 이는 전대 검왕을 빼면 전무했다. 현 가주인 중천검왕도 불가능이다.

답이 없다.

탈각의 무인을 원하는 곳으로 몰아가는 것 자체가 이미 무린을 허탈하다 못해 자포자기의 심정으로 만들 정도였다.

'정신 차리자. 흔들리면 다 죽는 거야…….'

이 세상 모든 사람들이.

무린은 눈을 질끈 감고 머리를 살살 흔들어 나약한 감정들을 털어냈다. 이럴 때가 아니었다. 단문영과 혼심으로 이미 연락을 나눴다. 비천대는 보급을 마치고 이미 안휘성으로 출발했다. 빙글 돌아 무린을 구출하러 오는 것이다.

비천대는 적과 마주쳐도 전투를 하지 않을 것이다. 도망치고, 또 도망치면서 안휘성으로 들어올 것이다. 전마와 함께하는 비천대니 충분히 전투는 피할 수 있을 것이다. 그런 비천대의 목적은 오직 무린의 구출. 그걸 위해 달려오고 있었다.

'문제는 어떻게 안휘성으로 들어가느냐는 건데…….'

들어가기만 하면 된다.

위치야 단문영이 있으니 전달할 수가 있다. 하지만 문제는 바로 저 흑의인들과 무린을 중심으로 형성되어 있는 천라지 망이다.

무린은 알 수 있었다. 단순히 안 보일 뿐이지, 이미 자신을 천라지망의 원 안에 집어넣어졌다는 것을.

무린이 움직이면?

천라지망 역시 유동적으로 움직이고 있었다. 무린은 그걸 지금까지 강소성으로 쫓기면서 알 수 있었다.

어떻게?

흔적으로였다.

이들은 대놓고 무린이 움직이면 전방 쪽은 뒤로 물러났다. 뒤는 쫓아오고, 좌우 역시 마찬가지다. 무린을 중심으로 여덟 방위를 잡고 움직이고 있는 것이다. 그리고 딴 생각 따위는 일절 못 하게 흑의인들이 무린을 몰아 붙였다.

무린이 조금이라도 진로를 바꾸면?

좀 전처럼 흑의인들이 공격을 가해왔다. 공격 자체가 경고 였다. 가던 길 쭉 가라는. 지금까지 몇 차례나 그랬고, 전투를 치렀다.

전투를 치르고, 경고를 무시하고 진로를 바꾼 채 달리면? 마군들이 우르르 달려들었다. 그저 그런 놈들도 아니고 제대로 훈련받은… 마치 진형을 아는 정예병들처럼 말이다. 게다가 내공까지 잔뜩 몸속에 담고 있는.

말했듯이 마군과는 격돌을 무린은 지금 금기시하고 있었다. 흑의인들을 상대할 방법이 없으니까.

'무슨 수를 써서라도 들어가야 되는데 방법이 없어. 완전 갇혔어…….'

새장 속의 새가 된 기분이었다.

자유롭게 날고 싶지만, 철창이 절대 허락하지 않는.

지금 현재 무린이 자유롭게 움직이는 것 같지만, 솔직히 그것도 아니었다. 무린은 인도(引導)되고 있었다. 그걸 느끼고 있었다. 그게 아니라면 진로를 변경하는 걸 이들이 막을 리가 없었다.

'나를 어디로 끌고 가는 거냐…….'

으득!

이가 확 갈렸다.

이 짓을 생각해 낸 게 누군지, 이걸 총 지휘하는 게 누군지, 굳이 깊게 생각하지 않아도 흉수는 떡 하니 머릿속에 떠올랐다.

마녀다.

마녀…….

그 빌어먹을 불멸자가 무린을 현재 자신이 원하는 곳으로 알아서 이동하게 만들고 있는 것이다.

사삭.

무린은 숨을 멈췄다.

비천신기의 운용도 멈췄다.

넓고 은밀하게 운용 중인 초감각의 끝에 미약한 기척이 잡혔다. 수풀을 건드리는 소리도 정확히 들렸다.

청각이야 당연히 극도로 예민한 무린이다. 생각 중이지만 주변 경계는 아주 철저하게 하고 있었다.

'무인은 아니다. 일반 백성? 게다가 여인.'

산에 살고 민초일 가능성이 높았다. 하지만 그래도 무린은 경각심을 거두지 않았다. 무린은 지금을 척후전이라 가정하에 움직이고 있었다.

남녀노소, 전부 믿을 수 없었다. 초원여우의 변장 실력은 상상을 초월했다.

거기다가 전투적인 기세를 지우는 방법에도 아주 능했다. 게다가 실제로 어른, 아이, 사내, 여인의 구분이 없었다.

초원여우 부대에 정말 남녀노소 전부 있는 탓이다.

당연하겠지만 아이와 여인은 특히 위험했다. 그중에 눈에 띄는 미인이거나, 정말 말도 잘 못하는 아이일수록 더더욱.

채 열 살도 안 된 아이가 천진난만하게 웃으며 독이 묻은 가느다란 침으로 몸을 톡 찌른다. 그럼 어떻게 될까?

채 반다경이 되기도 전에 사지를 부들부들 떨다 죽는다. 무린은 그렇게 죽는 동료를 정말 수없이 봐왔다.

거친 초원 여성의 외모에 홀려 죽는 녀석들도 그와 비슷하게 봤다. 지독함으로 초원여우를 능가하는 놈들을 무린은 아직까지 본 적이 없었다.

하지만 지금 마주쳤다.

당연히 마녀가 키워낸 흑의인들이다. 다른 의미로 독종들… 그러니 무린은 안심하지 않았다.

'생각이 맞다면… 노려지겠지.'

시험이다.

무인의 의협에 대한 시험.

혹은 인간 본연의 도덕성을 시험한다.

그 가장 좋은 방법은…….

죽이는 거다.

보고 있을 정도의 거리에서.

아주 잔인하게.

그럼 아직 감정 조절이 완벽하지 않는 이상 분명 흥분하게 되어 있었다. 변화된 감정은 정말 재수 없으면 기세로 흘러나간다. 그리고 그 기세의 변화를 들키면? 그 순간 공격이다. 초원여우들이 그랬다.

'역시……'

뒤로 은밀하게 다가가는 기척이 있었다. 하지만 그때 무린은 의문에 생겨 버렸다. 아주 재수 없게도.

'잠깐, 어차피 마녀의 목적은 나를 원하는 곳으로 보내는 거야. 지금 굳이 나를 자극할 필요가 없어.'

그렇다.

굳이 무린이 모습을 드러나게 만들 필요가 마녀에게는 없었다.

급할 것도 없었다. 적어도 수백 년은 기다린 마녀다. 어쩌면 천 년 이상일 수도 있다. 그런 기나긴 세월을 참아온 마녀다.

그런 마녀가 지금 조급할 리가 없었다. 무린을 직접 잡지 않는 것도 모종의 이유가 있을 것이다. 그런 이유와 연결해서 생각해 보면 지금도 이럴 이유가 없었다.

'설마……'

무린의 초감각이 좀 더 진해졌다. 기척뿐만이 아닌, 다른 정보까지 알아내기 위해 한 단계 확장했다.

그러자 세세하게 모여드는 정보들.

그 정보를 받아 든 무린의 얼굴이 확 일그러졌다. 전혀 다르다. 무인과는 완전히 다른, 그냥 일반… 백성.

혹의인이 위장했다고 가정을 하면? 불가능하다. 지금까지 혹의인들은 무린의 초감각만 벗어날 뿐이지, 걸리고 나서도 자신이 무인인가 아닌가까지 속이지는 못했다.

하단전에 고여 있는 내력의 기질 자체를 읽어버린다. 진화 후 초감각도 당연히 진화했다. 정보는 굉장히 깊고, 정교하게 들어온다.

그런 초감각이 지금 저 둘은 전부 일반 백성이라고 말하고 있었다. 그럼 무린이 왜 걱정하는가.

뒤에서 조심히 다가가는 이에게 익숙한 기질을 맡았기 때문이다. 살의, 그 외에 또 다른 어두컴컴한 것까지.

답은 금방 나왔다.

'겁간(劫姦)…….'

우연?

이게 우연이라면 정말 하늘이 준 운명이 지랄 맞은 것이다. 무린을 시험에 빠지게 만들고 있었다. 무린이 나서면?

백이면 백이다.

무조건 들킬 것이다.

그렇다면 공격당할 가능성은?

이것도 꽤나 높았다.

왜냐고?

무린은 지금 안휘성으로 길을 틀던 중에 숨었기 때문이다.

분명 무린을 원래의 경로로 움직이게 파상 공세를 펼쳐올 것이다.

현재 초감각에 다른 기척이 느껴지지는 않지만, 분명 흑의인들은 숨어 있을 것이라 무린은 판단했다.

아니, 이건 확정이었다.

여태 그랬고, 앞으로도 그럴 것이다.

'진짜……'

지랄 맞다.

자신의 운명을 관장하는 누군가가 있다면, 멱살 잡고 두드려 패고 싶었다. 무린이 그렇게 생각하는 동안에도 초감각에 잡힌 기척 둘의 공간은 점점 좁혀지고 있었다. 이대로라면 금방 뒤에 있는 자가 앞에 있는 여인을 덮칠 것이다.

무린은 살 수만 있다면 무슨 짓이든 하는 성격이다.

애초에 자아가 제대로 형성될 때부터 생존을 걸고 싸웠기에… '어떻게든 살아남는다' 이런 개념이 그 무엇보다 우선시되어 버렸다. 아주 자연스럽게 말이다.

만약 북방 오 년 차의 무린이었다면?

'분명 무시했겠지.'

십 중 십의 확률로 무린은 그런 선택을 내렸을 것이다. 하지만 그 이후의 무린이라면 아쉽게도… 무시하지 못한다. 그랬다면 비천대가 형성되지도 못했을 것이다. 어느 기점부터 같이 살아남는다가 목표가 된 무린이 있었기에, 지금의 비천대가 있는 것이다.

'구하고 바로 도주하면……? 즉각 쫓아온다. 떨쳐 내기 쉽지 않아. 산에는 나도 자신 있지만 저들도 마찬가지야.'

게다가 애초에 살수다.

산에서 약해질 리가 없었다. 오히려 반대로 훨씬 강해질 것이다. 밤, 어둠, 장애물이 가득 숲 등등은 살수가 움직이기에는 최적의 전장이다.

'구하고 도망친다.'

흑의인들도 이런 숲에서 강하겠지만, 반대로 무린도 경험이 차다 못해 넘치니까.

결정이 내려졌다.

하늘을 슬쩍 보니 해가 떨어지고 있었다. 어둠은 금방 산을 장악할 것이다. 그렇다면 자신도 흑의인을 찾기 힘들지만, 반대로 흑의인들도 무린을 찾기 쉽지 않을 것이다.

무린은 비청과 비홍을 왼손으로 같이 움켜쥐고, 오른손에 적당한 자갈 하나를 쥐었다. 그리고 산의 지형을 다시 파악했다.

최단거리로 산의 정상으로 올라가 다시 내려갈 준비를 해야 했다. 산이야 이미 포위되어 있겠지만, 어떻게든 빠져나가야 했다. 여기서 다시 방향을 틀면 정말 안휘성으로 들어서는 건 포기해야 할지도 몰랐다.

여기서 만약 밑으로 더 쫓겨 내려가면 홍택호의 거대한 강줄기가 안휘성과의 길을 가로 막는다. 그 물줄기는 바다까지 빠져나가고, 그 폭은 결코 만만치 않다. 헤엄쳐 건널 수 있겠지만, 그건 정말 위험했다.

왜?

무린이 유일하게 경험이 적은 작전이 바로 수중전이다. 물속의 싸움은 정말 자신 없는 무린이다.

자신의 본질이었던 요한의 삶은 바다에서 시작되어, 거의 전부를 보내다 사막의 신전에서 끝났지만… 그건 본질일 뿐, 무린의 삶이 아니었다.

'그러고 보니 이것도 따로 정리해야 하는데…….'

빌어먹게도 그럴 시간적 여유조차 없었다. 온 정신을 탈출을 위해 써야 하는데 본질이고 나발이고 떠올릴 틈조차 없었다.

무린은 천천히, 천천히 몸을 일으켜 세웠다. 하체가 굽혀지고, 단단하게 지면을 받쳤다. 상체가 살짝 굽혀지고, 기이잉……! 비천신기가 찢어지는 비명을 내질렀다.

두 눈에 짙은 푸르름이 담겼다.

푸확!

덩굴 속 지면이 터져 나가고, 무린의 신형이 포탄처럼 튀어

나갔다. 쉭! 어깨가 한 차례 움직였다.

퍽!

아아악!

공간을 가로질러 날아간 자갈이 뒤에서 접근하던 나이, 이름도 모를 놈의 어깨를 직격했다. 동시에 그 타격음과 비명소리로 산속을 장악하던 정적이 깨졌다.

꺄아악!

뒤늦게 여인의 비명이 뒤따랐다. 둔탁한 소리에 무심결에 뒤를 돌아봤고, 쓰러지는 낯선 사내를 본 직후 터져 나온 비명이었다.

그 순간 무린의 신형이 거의 직각으로 꺾이며 산 정상을 향해 내달렸다. 폭발적 가속을 짧은 순간에 얻은 무린의 신형이 쭉쭉 산을 타고 올라갔다.

'역시……!'

등 뒤로 따라오는 기척이 느껴졌다.

무린이 마녀가 지정한 경로를 이탈하자 그걸 되돌리려 따라오는 것이다. 숫자도 많았다. 갈대숲에서처럼 둘이라면 해볼 만하겠지만.

'셋? 넷, 다섯…….'

다섯.

흑의인 다섯이다.

제압할 수는 있다.

단, 무린도 제대로 뭔가 하난 내줘야 한다는 걸 느꼈다.

'무시!'

그렇다면 도주다.

다른 방법이 없었다. 그냥 이대로 쭉쭉 달려 몸을 숨기는 게 먼저였다. 그 후 다시 방법을 생각해야 했다. 산 정상으로 올라가 반대로 내려가는 건 의미가 없었다. 차라리 능선을 타고 움직이는 게 현명했다.

무린의 신형이 어느새 산 정상에 도달했다. 어둠이 내렸지만 이 정도 어둠이야 전혀 장애가 되지 않는 무린이다.

그러니 시야가 탁 트였고, 순간적으로 경로를 틀었다. 능선이 이어지는 곳으로 방향을 튼 것이다.

흑의인들과의 거리는 좁혀지지 않았다. 뒤떨어지지 않고 따라오고는 있지만 그게 전부였다. 무린을 따라잡을 정도는 아니었다. 정소민이라면 따라 잡았겠지만, 이들은 정소민이 아니었다. 절정의 경지지만 특수한 기예로 자신을 따라 오는 것이다.

'내력 자체도 내가 위. 따돌린다.'

무린은 따돌릴 마음을 먹었다. 어차피 저들을 떨쳐 내지 못하면 도주 자체가 불가능하기 때문이다.

반각, 일각. 이각.

시간은 쑥쑥 지나갔다. 그 사이 무린의 속도는 조금도 늦춰지지 않았다. 하지만 마르지 않을 것처럼 보이던 비천신기의 움직임이 확실히 둔해지는 걸 무린은 느꼈다. 그렇지만 멈출 수는 없었다.

멈추는 건, 마녀가 바라던 길을 가야되는 상황이 강제로 오게 만들 것이다.

'죽어도……!'

그 빌어먹을 불멸자의 뜻대로 상황이 흘러가게 만들 무린이 아니었다. 투쟁(鬪爭)의 끝에서 웃는 사람은 반드시 자신이 되고 싶었다.

완전한 목표가 있는 지금, 오직 그 하나만 생각하고 움직이는 무린이었다.

다시 이각 정도를 더 달렸을 때, 전방에 협곡이 보였다. 능선이 끊어지는 부분이다. 대신, 반대쪽에서 다시 능선이 시작되고 있었다. 어둠이지만 확실히 파악이 가능했다.

'넘는다!'

어둠 속에서 청광이 번쩍였다. 짙은 청광은 마치 어렸을 적 어머니에게 들은 선비의 나라에 존재한다는 도깨비불처럼 흔들렸다.

파바바박!

다리에 힘이 들어가면서 지면이 터져 나갔다.

'넘을 수 있어!'

용천으로 흘러가는 비천신기의 내력이 높아졌기 때문이었다. 후읍! 짧은 들숨과 함께 무린의 신형이 상공을 쏘아졌다.

피잉……!

마치 화살처럼 뻗어나가는 무린.

협곡은 넓었다.

낮에 봤다면 기가 확 질렸을 정도로 말이다. 하지만 무린은 겁먹지 않았다. 넘을 수 있다. 반드시 넘어버린다! 진화, 각성, 탈각을 통해 깨어나기 시작한 승부사의 기질이 발동한 것이다.

'반드시 넘는다!'

굳게, 무조건 넘을 수 있다고 스스로 확신했다.

어둠을 가르며 하늘높이 떠올랐던 무린의 신형이 점차 떨어지기 시작했다.

쉬이이이익!

바람 소리가 날카롭게 들렸다.

온몸으로 가르고 지나가는 공기 탓이었다. 날아오르는 속도보다, 지면으로 떨어지는 속도는 훨씬 빨랐다.

'좀… 짧아!'

끝에 도달하기에는 거리가 너무 멀었던 것 같았다. 하지만 아슬아슬하다. 무린은 급히 몸을 공중에서 움직여 비청과 비홍을 각각 손에 쥐었다. 그리고 동시에 비천신기의 일류을 온몸에 둘렀다.

다가올 거대한 충돌에 대비하기 위해서였다.

퍽……!

콰직!

협곡의 끝, 그 밑으로 떨어지던 무린의 신형이 돌에 그대로 처박혔다. 하지만 부딪치는 그 짧은 순간에 양손의 단창을 절벽에 박아 넣었다. 이후 충돌했다.

"크윽……!"

짜르르!

온몸이 부르르 떨렸다. 순간적으로 눈앞에 반짝이는 별들이 무수하게 떠다니기 시작했다. 멀어졌다 가까워졌다 하면서 의식을 무저갱으로 끌고 가려 했다. 하지만 무린은 손아귀에서 손을 떼지 않았다.

콱!

동시에 볼 안쪽 살을 씹어 확 터트려 버렸다. 비릿한 피맛과 함께 정신이 번쩍 들었다.

기이잉……!

비천신기가 동조하듯이 마구 떨었다. 무린은 이를 악물고 몸을 움직여 한쪽 단창을 뽑고, 다른 손으로는 버텼다. 그 후 반동을 주어 위쪽에 꽉 찍었고, 올라가면서 밑에 쥐고 있던 단창을 뽑아냈다.

범인은 죽었다 깨어나도 못할 짓이었다.

꽈직.

꽈드득!

연달아 들리는 소리에 무린은 시선을 돌렸다. 뒤따라오던 흑의인들이 무린처럼 절벽에 도달하지 못하고 바닥에 처박히며 난 소리였다. 무린도 겨우 건넌 거리였다. 근데 뛰었다?

'미친……!'

분명 사이한 정신금제가 있는 게 분명했다. 그렇지 않으면 이 거리를 그냥 뛰었을 리가 없었다.

시선을 다시 돌려 위로 올라가는 무린. 온몸을 엄습하는 통증을 참고 위에 올라선 무린은 금방 몸을 일으키지 못했다.

통증도 통증이지만, 이 한순간에 엄청난 심력 소모가 일어났기 때문이다. 하지만 그래도 소득은 있었다. 어쩌면 포위망의 한 면은 돌파했을지도 모른다. 설마 협곡 너머까지 천라지망이 형성되어 있다면?

그건 그야말로 자신의 머릿속을 이 잡듯이 뒤지고 있는 게 분명했다. 아니, 그걸 넘어 그냥 예지에 가까운 능력이 있어야 할 것이다.

'후우……'

깊은 한숨과 함께 겨우 상체를 드는 무린.

그리고 시선을 돌려 자신이 넘어온 협곡을 돌아봤다.

"……."

숨이 턱 막혔다.

어둠이라 잘 몰랐을까? 아니면 이성이 뭔가에 마비되었던 걸까? 실로 어마어마한 거리였다. 이상하게 넘고 나서라 그런지 훨씬 잘 보였다. 저 멀리, 흑의인 둘의 그림자가 일렁였다. 마치 작은 점처럼 보였다.

완전히 어둠이 내려섰지만 무린의 시야에는 확실히 잡혔다. 내력의 도움이기도 했고, 원채 시각 자체가 좋은 무린이기도 했다.

잠시 흑의인을 바라보던 무린은 이번에도 금방 등을 돌렸다. 협곡을 넘었다고 좋아할 때가 아니었다.

천라지망의 한쪽 방위를 돌파했는지, 못 했는지는 아직 모르지만 거리를 벌린 지금 확실하게 따돌려야 했다.

턱.

"흐읍……."

한 발자국 내딛자마자 짜르르! 온몸으로 격통이 몰아쳤다. 천하의 무린이 신음을 흘릴 정도의 통증이었다. 마치 몸속에 존재하는 모든 뼈가 일시에 진동하는 느낌이었다. 절벽에 처박히며 얻은 부상이 상당하다는 뜻이었다. 하지만 무린은 그 모든 통증을 이겨 내고 반대쪽 발을 뻗었다.

지금 뻗지 않으면, 마녀에게 금방 다시 잡힐 걸 알고 있었기 때문이었다.

한 발자국, 다시 한 발자국. 그 속도가 점차 빨라지며 무린은 어느새 쭉쭉 앞으로 달려 나갔다.

무풍형의 도움, 비천신기의 도움으로 그 자리를 순식간에 벗어났다.

第百九十八章

천라지망(天羅地網)

　후욱, 후욱!

　회흠현 근처 숲에 숨어 있는 무린은 거친 숨을 몰아쉬고 있
었다. 육체적, 정신적으로 상당한 피로감이 몰려왔지만 눈빛
만은 결코 죽지 않은 무린이었다.

　일주일이 흘렀다. 무린은 협곡을 넘고도 안휘성으로 들어
가지 못했다.

　안휘성은커녕 오히려 점점 바다 쪽으로 밀려나고 있었다.
현재는 회음현 근방이었다. 숲 너머 평야를 이각 정도만 달리
면 회음현이 나올 것이다. 하지만 무린은 그 안으로 들어갈

엄두조차 내지 못했다. 당연히 흑의인들의 기습 때문이었다.

'빌어먹을······.'

진심으로 짜증이 올라오는 상태였다. 이유는 역시 당연히 흑의인들, 흑객(黑客)들 때문이었다. 마녀가 손수 키웠다는 이 흑객들은 정말 무린의 상상을 초월했다. 끈질기기가 이루 말할 수도 없을 정도였다.

협곡을 넘어 도주한 지 정확히 반 시진 만에 흑객과 다시 조우했다. 정확히 일곱의 흑객이었다.

무린이 지나갈 길을 완전히 틀어막고 선 흑객들 때문에 무린은 그 자리에 멈출 수밖에 없었고, 반대로 천천히 다가오는 행동에 결국 몸을 뺄 수밖에 없었다.

몸 상태도 몸 상태지만 몸이 정상이라 하더라도 정면대결은 극히 위험했기 때문이다. 게다가 감각이 살아 있는 살수다.

암습은 힘들다는 판단이 떨어졌다. 그래서 결국 다시 되돌아갈 수는 없고, 산 밑쪽으로 방향을 틀어버린 무린이었다.

천라지망은 대단했다.

북방의 흑산에서 북원의 철갑기마대, 그리고 초원여우와 도륙병들에게 포위당했을 때도 이 정도는 아니었다고 생각될 정도였다. 지독할 정도로 촘촘했다.

게다가 마치 생명을 가진 것처럼 무린을 중심으로 아주 정교하게 움직이고 있었다.

'도대체 내 위치를 어떻게 특정하고 있는 거지……?'

무린은 일단 이게 가장 큰 의문이었다.

포위망의 형성은 누구나 할 수 있다. 어느 정도 능력 있는 지휘관이라면 특정 대상만 정해주면 다 할 수 있다. 하지만 이렇게 움직이는 건 웬만한 지휘관으론 어림도 없는 일이었다.

장양성 대장군이나 호언량 장군이 이 자리에 있다고 하더라도 힘들 거라고 생각됐다. 무린 본인도 자신 없었다.

그런데 적 지휘관은 해내고 있었다.

'이건 군부 관계자다… 확실해.'

예전 북방에서도 당해 본 적이 있는 무린이다.

용병왕 아무르. 그에게 당해 산을 강제로 탈 때, 그때가 딱 이랬다. 지금 상대하는 적은 그 아무르 이상이다.

무린이 이렇게 지금 밀리고 있지만 무려 탈각의 무인이다. 게다가 또 한 번 각성까지 이루어냈다. 현 강호에 무린 정도의 경지에 오른 이는 구파를 빼면 손을 꼽을 것이다. 정확하게 현재 밝혀진 이도 없었다.

은거고수 중에는 있을까?

'후우…….'

무린은 심호흡을 했다.

머릿속은 여전히 복잡했지만 일단 현재 가장 큰 문제는 이곳에서 어떻게 빠져나가는가. 이 부분이 가장 중요했다.

자신의 본질이고 나발이고, 그것도 빠져나간 뒤 생각할 무린이었다. 무린은 일단 몸 상태부터 점검했다.

초감각을 유지 중인 내력만 제외한 채 따로 비천신기를 돌렸다. 일류과 이류이 무린의 정신과 육체를 한 바퀴 슥 돌고 왔다.

내상은 거의 아물었다. 무리하게 몸을 움직인지라 회복은 더뎠지만 무린이 최대한 교전을 피했기 때문에 일주일이 지난 지금은 거의 문제가 없었다.

워낙에 정신이 강건한 무린인지라 이류도 아무 이상 없다고 알려왔다.

'후우…….'

일단 몸과 정신의 상태가 최상은 아니더라도, 그에 근접한 상황까지는 끌어올렸다. 그럼 이제 방법을 모색할 때였다.

'문영.'

무린은 혼심을 연결했다. 이후 단문영을 부르자,

네.

금방 대답이 들려왔다.

'군사는 옆에 있나?'

무린은 일단 무혜의 존재를 찾았다. 지금 이 상황은 자신보다 무혜에게 의지할 때였다. 이런 상황에 어쩌면 특화된 존재가 무혜였으니까.

네, 옆에 있어요.

대답이 들려오자 무린은 현 상황을 다시 한 번 밝혔다.
'그래, 전달해라.'

무린은 이후 짧고 빠르게 자신의 현재 상황을 전달했다. 이미 실시간으로 건네고 있었지만 다시 한 번 상시시켜 줬다. 빠지는 부분이 있으면 안 됐기 때문이다.

군사는 모든 것을 염두에 두고 전략을 짠다. 특히 무혜는 단 하나도 빼먹지 않으려고 필사적으로 노력하는 부류다. 무혜가 짜는 작전에도 당연히 변수는 존재하지만, 그 변수를 만들지 않기 위해서는 당연히 자신의 현 상황에 대한 모든 정보를 건네줘야 했다.

마지막으로 자신의 위치까지 전달했지만 답은 없었다. 아마 무혜가 필사적으로 생각해 내고 있을 것이다.

무린은 침착하게 기다렸다. 물론 주변에 대한 경계를 낮추지는 않았다. 오히려 더 필사적으로 살폈다. 빌어먹을 흑의인들. 욕설이 절로 나올 정도로 대단한 존재들. 절정의 살수이면서 넷, 다섯이면 탈각의 무인을 상대하는 자들.

괜찮아요……?

걱정 가득한 목소리가 혼심을 타고 들려왔다.

'그래, 괜찮아.'

무린은 단순히 단문영을 안심시키기 위한 말이 아닌, 진심으로 괜찮다고 생각해 대답했다. 그리고 속이고 싶다 해도 단문영을 속이는 건 불가능했다.

혼심으로 완벽하게 연결되어 있는 둘 사이다.

서로 마음만 먹으면 속마음을 뚫어보는 건 일도 아니었다. 그러니 속이고 싶다는 생각 자체가 단문영에게는 무의미했다. 그래도 서로를 위해 지금처럼 필요할 때가 아니라면 서로에게 간섭은 하지 않았다.

'그쪽은?'

무린은 반대로 비천대를 걱정했다.

비천대는 강하다. 그건 의심의 여지가 없다. 하지만 지금 같은 상황은 당연히 무린이 선두에 서야 했다. 마군은 강했다. 그것도 상상 이상으로 강했다. 게다가 그 수는… 정말 질릴 정도다.

전 중원 모든 성에서 시간 차가 있지만 거의 일시에 들고 일어났다.

군부를 포함해 중원의 모든 세력을 동시에 타격했다. 칼을 든 자라면 남녀노소를 막론하고 그 시꺼먼 칼을 마구 휘둘러 댔다. 가장 약한 마군이 일류고, 그 수는 한 성에서 거의 몇천 정도다.

전 중원을 합치면 몇 만 단위다.

일류 무인으로 이루어진 군대였다. 한 성에 군단급 무인들이 들고 일어난 것이다. 하지만 문제는 거기서 끝이 아니었다.

마녀의 세력은 군부, 황실 할 것 없이 섞여 있었다. 자금성이 그렇게 쉽게 불탄 이유를 굳이 설명하지 않아도 좋으리라. 북경방위군의 태반이 배반한 것이다. 정확히는 그 지휘관들의 배반이었다.

아니, 애초에 군부, 황실에 몸담기도 전에 그들은 마녀의 세력이었다. 그것도 몇 대를 이어 말이다.

그런 마군을 뚫으려면 무린이 있어야 했다. 압도적인 무력을 앞세운 무린이 말이다. 그래서 걱정이 됐다.

하지만 들려온 답은 예상 외였다.

어젯밤 백면 부대주와 노사님이 합류했어요. 탈각을 이루

고요.

눈이 번쩍 떠질 소식이었다.

탈각?

무린은 기습을 끝내고 백면과 남궁유청을 소향과 함께 내보냈었다.

일종의 승부수였다. 무린 혼자만의 무력으로는 비천성, 비천대를 지킬 수 없다고 판단했기 때문이었다.

그런 둘이 세 달이 지난 지금 탈각을 이루어냈다. 대단한 일이다.

특히 백면이 대단했다.

남궁유청은 이미 한계에 도달해 있었다. 게다가 수없이 많은 경험이 있었으니 언제 벽을 넘어도 이상하지 않았다. 하지만 무린이 보기에 백면은 절정의 벽에 있긴 했지만, 그 벽을 넘기는 힘들어 보였었다.

그래서 승부수라고 했던 것이다.

그런데도 이루어냈다.

'대단한 녀석.'

피식, 웃음이 나왔다.

백면이 얼마나 독하게 달라붙었을지 예상이 갔기 때문이다. 탈각 무인이 둘이다. 그럼 최전선을 맡겨도 믿을 수 있었다.

탈각과 절정은 그 급이 완전히 다르니까. 갓 탈각을 이뤘다 해도 괜히 탈각이 아니다. 절정 무인은 그냥 가지고 놀 것이다.

진 대주, 홍택호로 갈 수 있겠냐고 군사가 물어봐요.

'홍택호?'

이미 중원의 웬만한 지형은 숙지했다. 소호, 포양호, 동정호 등등. 이 유명한 곳을 무린이 모를 리가 없었다.

네, 홍택호의 강줄기를 따라 내려가다가 양주를 지나 나오는 갈래에서 진강 쪽으로 들어서서 남경으로 올 수 있겠냐고 물었어요.

'음…….'

무린은 금방 대답하지 못했다. 쉽지 않은 일이었다. 문제가 산더미처럼 있었다.

일단, 여기서 진로를 트는 것도 쉽지 않았다. 천라지망은 절대 무린이 홍택호 쪽으로 가는 걸 허락하지 않을 것이다.

무린 정도의 무인이 그걸 무서워하나? 그리 생각한다면 오

산이다.

무린은 지금 극히 냉정하다. 아주 냉정한 정신으로 고민해 봤지만 계속해서 비관적인 생각만 떠올랐다.

흑의인이 대체 몇 이나 자신의 주변에 있는지는 사실 아직도 파악 불가능이다. 초감각을 피하기 위해 만들어졌다고 해도 과언이 아닌 그들은 무린에게 조금의 방심도 허용하지 않는다. 더불어 가고 싶은 길도 마음대로 가지 못하게 막고 있었다.

무린의 성향이 조금만 더 저돌적이었다면 분명 즉각 무혜의 말을 듣고 홍택호 쪽으로 진로를 틀었을 것이다. 흑의인이고 나발이고, 무혜의 말은 결코 잘못된 게 없으니까.

하지만 무린은 지극히 침착하고 냉정하다.

북방에서의 지독한 척후전이 무린을 그렇게 만들었다. 본질이라 할 수 있는 승부사의 기질을 깨우쳤다고는 하나, 그 기질도 확신이 있어야 움직인다. 하지만 무린에게 지금 확신이 들지 않았다.

'무혜의 말을 따르면, 잘 풀린다. 하지만……'

도달하느냐, 못 하느냐.

이 확률.

무린은 머릿속에서 오 할 이상이라 도저히 생각할 수 없었다.

대주?

단문영이 침묵한 무린을 불렀다. 그녀는 이미 무린의 현 상황을 전부 알았을 것이다. 혼심은 굳이 떠오르지 않아도 마음 상태, 하고 있는 생각까지 전부 전달하니까. 그러면서도 부른 건 분명 무혜 때문일 거라 생각했다.

재촉이든가, 혹은 대답하지 않는 이유가 있냐고 물었을 것이다.

'확신이 서지 않는다고 그대로 전해. 흑의인들을 따돌릴 방법이 없어. 게다가 수중전은 내가 유일하게 자신 없는 전투 방식이야. 전장도 마찬가지고… 잘못해서 포위당하면 정말 답이 없을 것 같다.'

네, 전할게요.

단문영의 대답을 듣고 난 무린은 홍택호의 크기를 떠올려 봤다. 직접 가본 적은 없었다. 하지만 결코 작지 않다는 건 알고 있었다.

'몸을 숨길 곳은?'

단숨에 남경까지?

절대 불가능하다.

그게 가능했다면 무린이 지금 이러고 있을 이유가 없었다. 만약 무린이 움직이면 적의 지휘관은 강줄기 자체를 막아버릴 것이고, 무린을 뭍으로 강제로 움직이게 만들 것이다.

그런 확신이 들었다.

마녀의 목적을 파악했냐고 물어요.

목적?

이거야 알고 있다.

'나를 자신이 원하는 곳으로 움직이게 하는 것.'

바로 전달했다.

다시 질문이 날아왔다.

사로잡지 않는 건 비천신기 때문이냐고 물었어요.

무린은 고개를 끄덕였다.

'그럴 거야. 내가 피해를 입으면 안 되는 이유가 있어. 그건 당연히 비천신기밖에 없다고 생각해야 돼.'

격렬한 전투는 이어진다. 하지만 무린의 목숨 자체를 노리는 경우는 없었다.

옆구리가 뻥 뚫린 것도 그렇다. 애초에 심장, 목, 머리 등등. 웬만한 급소는 피했다. 옆구리도 전부 장기를 피해 뚫렸다.

목적지는 예상이 가요?

다시 단문영의 말이 들려왔다.

이 부분에서는 무린도 눈을 빛냈다.

목적지, 사실 정말 무린도 알고 싶은 부분이다. 대체 자신을 어디로 몰고 가려는 걸까? 그곳엔 뭐가 있을까? 등등 정말 무린이 알고 싶지만, 현재는 알 수 없는 마녀의 속마음이다.

하지만 단서는 있었다.

'바다 쪽으로 몰려고 하는 것 같아. 절대 내륙은 아닌 느낌이 들어.'

그래, 적어도 내륙은 아니었다.

이대로 남하만 해도 바다가 나온다. 계동, 해문, 정강, 남통현 등등. 모두 바다 일이 주업인 현이다.

섬?

단문영이 다시 말했다.

'섬? 섬이라고?'

눈이 번쩍 뜨였다. 바다로 나간다. 섬을 예상하는 건 사실 쉬운 일이었다. 그런데 무린은 갑자기 심장이 뛰기 시작했다.

섬이라는 단어에서 들려온 이상 현상이었다. 무린은 아직 당황하지 않았다. 뛰기 시작하는 자신의 심장 고동을 가만히 느꼈다. 느껴지는 감정은 굳이 고민하지 않아도 금방 답이 나왔다.

'섬, 그리운 단어.'

왜 그립지?

무린은 이것도 알아차렸다.

섬, 태초에 자신이라 할 수 있는 청룡왕 요한의 전부이자 모든 것. 섬을 위해 해적이 되었고, 섬을 위해 죽으리라 다짐했던 그의 삶. 그의 끝은 분명 지독한 열기가 내리쬐는 사막의 지하였지만 언제나 그의 마음은 바다, 그리고 섬에 있었다.

'정확하게는 군도……'

섬은 하나가 아니었다.

크고 작은 섬 수백 개가 그의 영토였다. 그런 아련한 곳으로 자신을 유인하려 한다?

'왜?'

이유가 있을 것 아닌가.

마녀가 그에게 옛 기억이나 회상시키고자 하는 건 절대 아닐 거라 생각했다. 생각 정도가 아니라 확신이다.

　군사도 잘 모르겠다고 해요. 그런데 한 가지 집히는 건 있다
고…….

　끝말을 살짝 흐리는 단문영이다. 그건 무혜가 말을 흘렸다
는 뜻이었다. 확실한 게 아니면 말을 잘 꺼내지 않는 게 무혜
였다.
　그럼에도 말했다는 것, 상황이 그만큼 급박하다는 뜻이었
다. 무린도, 무혜도, 비천대도, 전 중원이 말이다.
　'말해 봐.'
　무린은 그 이야기라도 들어야겠다고 생각했다. 무린의 말
에도 금방 대답이 들려오진 않았다. 재촉하지 않고 기다리자
잠시 뒤 단문영의 속삭임이 들려왔다.

　해저 지진을 노리는 게 아닐까…… 라고 했어요.

　'해저 지진?'
　지진의 뜻은 안다. 대지가 진동하는 것. 정확히 왜 그런 일
이 일어나는지는 제대로 파악된 게 없지만, 한 가지는 확실하
다. 제대로 지진이 일어나면 수천수만 명이 그 자리서 죽는다

는 것.

땅이 쩍쩍 갈라지면 정말로 답이 없다. 그 시꺼먼 아가리 속으로 떨어져서 살아남았다는 사람을 무린은 들어본 적이 없었다.

'그게 가능하냐고 물어봐. 지진을 일으키는 게 가능할까?'

하지만 무린도 확실히 그거야, 라고 생각할 수는 없었다. 무혜가 자신 없었던 것처럼 무린도 마찬가지였다.

마녀라면⋯ 어떤 특수한 방법이 분명 있을 거라고 해요.

아⋯⋯⋯!

듣는 순간 번쩍 눈이 떠졌다. 맞다. 마녀는 상식선에서 생각해서는 절대 안 되는 인물이다. 비상식도 그런 비상식이 없다. 그런데 감히 자신의 잣대로 판단을 하려 했다니.

'비천신기는 누가 뭐라고 해도 관통이야. 뚫는다. 뭐를?'

마녀에게 무린이 필요한 이유는 명백하다.

마녀 본인의 관일으로 할 수 없는 일. 아니, 부족한 일. 그래서 무린의 비천신기가 필요하다.

'나만이 아닐 거야. 분명⋯ 더 있다.'

마녀는 오래 살았다.

불멸자(不滅自).

마녀에게 아주 잘 어울리는 단어다. 그런 마녀는 지금까지 무수히 많은 기예를 온몸에 익혔다. 그래서 포화 상태였다. 더 이상 그 어떤 것도 배우지도, 담지도 못하는 상황에 이른 것이다.

자신의 몸은 한계까지 도달했지만, 힘은 원하는 선까지 채우지 못했다. 분명하다 그건. 무린이 필요하니까. 하지만 무린은 분명 자신 말고도 더 필요한 이들이 있을 거라 생각했다. 물론 그게 누구인지는 몰랐다.

'다 모이면 가능하다⋯⋯?'

천지번복이라 예상했다.

'세상을 지탱하는 중추. 아⋯⋯.'

이제야, 이제야 무린은 알아차렸다. 각성 당시 보았던 것. 여태 중시하지 않았는데 무혜의 말을 들으니 무린이 그때 보았던 건 매우 중요한 장면이었다.

거대한 신전.

그 신전 속에서의 전투.

하얀 빛의 명멸.

대폭발.

세계수의 소멸.

차원 분열.

영혼 타격.

둥둥…….

이전 영상으로 유추해 보았을 때 분명 가능성이 있는 일이
었다.

조용한 무린의 상념이 혼심을 통해 단문영에게 전달되었
다. 단문영은 그 소리에 잠시 움찔했다가 다시 무혜에게 전달
했을 것이다.

무린은 이게 정말 어처구니없고, 말도 안 되는 일임을 알았
다. 아주 똑같은 방법으로 마녀는 처음으로 되돌아가려 하고
있었는데… 확률은? 만약 그렇게 했는데도 아무것도 변하지
않으면?

그냥 세계의 멸망, 그걸로 끝나 버리면?

'정말 미쳐도 단단히 미쳤어…….'

물론 그럴 만하기도 하다.

불멸이란 단어.

축복?

절대 아니다. 정말 끔찍한 저주다. 망각조차 허락받지 못
하고, 태어나고 스러지는 걸 계속해서 두 눈에 담아야 한
다.

그 이별의 고통을 매번 겪어야 한다. 자신은 늙지 못하고,
타인만 늙는 걸 계속해서 봐야 했다. 친구였던 이가 어느새

중장년을 넘어 노년으로, 그리고 다시 흙으로 돌아가는 그 일련의 과정까지 전부 지켜봐야만 한다.

무시무시하기 그지없다.

무린은 만약 자신에게 그런 일이 벌어졌으면 아마 미쳐 버렸을 거라 생각했다.

'아니, 미치는 것도 허락하지 않았겠지?'

잔인했다.

그래서 마녀는 자신에게 주어진 운명을 최초로 되돌린다. 이 세상을 파멸시켜서라도. 그렇게 마음먹은 순간부터 지금까지 준비를 했다.

'그런데도… 서두르지 않는다.'

무린은 그게 정말 마녀의 무서운 점이라 생각했다. 기백 년을 기다렸으면 급하게 진행하려고도 할 텐데, 마녀는 그런 게 없었다.

오히려 반대로 느긋하게 자신을 몰고 있었다. 원하는 장소까지 알아서 오라고 말이다. 그 느긋함. 끝가지 침착성을 잃지 않는 성격.

정말 무서웠다.

이번만큼은 소름이 돋을 정도였다.

그때 단문영의 다급한 전달이 들여왔다.

당장 피하래요!

'뭐?
무슨 일이지?
무린은 순간적으로 등골에 오싹함이 스쳐 지나갔다.

절대로 그쪽으로 끌려가서는 안 된다고 군사가 말했어요!
목숨을 걸어서라도 당장 피하라고 전달하래요!

'아……'
무슨 일이 벌어진 것이다. 아니면 이럴 리가 없었다.

저흰 지금 남경에서 일주일 정도 떨어진 거리에 있어요! 북
방상단을 통해 정보를 받았는데 지금 구화검이 대주가 있는
그쪽으로 이동한다는 소식이에요!

'구화. 알았다. 지금 당장 움직이지.'
그럼 그렇지.
무린을 완벽하게 몰아넣을 생각이었다. 흑의인에 구화검.
무린을 아주 구석으로 몰기 충분했다. 게다가 천라지망까지
유동적으로 움직이는 지금이다.

무린이 도망갈 구석을 완전히 차단시켜 버리겠다는 마녀의 의지가 느껴졌다.

징징거리는 소음과 함께 연결이 끊어짐을 느꼈다. 하아, 무린은 천천히 주변을 다시 한 번 살폈다.

갈대숲은 고요했다.

초감각에 잡히는 게 없다는 소리.

흑의인들을 오직 무린을 상대하기 위해 마녀가 키운 최정예다. 감각으로 전투를 치루는 무린인데, 감각에 잡히지 않는다는 건 정말로 치명적이다.

치명적이다 못해 최악일 경우 꼼짝없이 마녀가 원하는 장소로 가게 될 것이다.

제 발로 말이다.

탈각의 무인을 이미 이만큼이나 곤란에 빠트렸다. 천라지망과 여태 움직이지 않았던 흑의인들로 말이다.

'움직인다.'

결정은 이미 섰다.

원하는 걸 알았으니 이제는 최선을 다해 도망칠 때였다.

천천히 무린은 몸을 움직이기 시작했다.

살금살금, 최선을 다해 기척을 죽였다.

다행이라면 무린이 흑의인의 기척을 못 잡는 것처럼, 흑의인들도 무린의 기척을 잡아내지는 못했다. 무린이 모습을 보인 다음에야 이들도 모습을 보였다. 무린이 있는 공간 그 자체를 특정하는 건 아마 흑의인들이 아닌 다른 존재들이 하고 있을 거라 생각했다.

'하오문.'

그건 하오문이다.

기가 막힌 정보력. 그 정보력을 이용한 분석력. 그게 아마 실시간으로 이들에게 전달되고 있는 것 같았다. 그 정보를 이용하는 이가 바로 천라지망을 지휘하고 있는 마군의 지휘관이다.

장소를 벗어나자 아주 미약한 소음이 처음 무린이 숨어 있던 공간의 오 장 정도 뒤에서 일어나는 걸 들었다.

완전 지척에 있었다. 하지만 무린은 놀라지 않았다. 한두 번이 아니었기 때문이다.

무린은 조금 더 몸을 빨리했다. 신형을 쭉쭉 날려 서쪽으로 진로를 잡았다.

목적지는 역시 홍택호였다. 구화검이 오기 전에 먼저 홍택호로 들어선다! 그게 무린의 제일 우선 과제였다.

조금 더 달리다 보니 언덕 아래 물줄기가 나왔다. 당연히 홍택호로 흘러가는 강줄기였다. 그리고 역시 넓은 갈대숲이 형성되어 있었다.

무린은 지채 없이 갈대숲으로 들어섰다.

그러나 십 보도 채 못 전진하고 멈춰야 했다. 그것도 납작.

파스스스스!

갈대숲이 울고 있었다.

第百九十九章 천라지망(天羅地網) 二

귀환병사

기척이 한두 개가 아니었다.

모두 감춘다고 감추고 있지만 무린의 초감각에는 아주 적나라하게 걸리고 있었다.

무린은 직감적으로 알아차렸다. 이들은 마녀의 군세가 아니었다. 느껴지는 기질이 그랬다. 거칠지만 그게 도를 넘어서지는 않았다.

흉포한 기질이 느껴지고, 정리되지 않은 난폭함도 있었다. 거칠 것 없는 자유분방함도 느껴졌다.

그러자 떠오르는 단어.

'낭인?'

하지만 그들이 왜?

아, 갇혔구나. 무린은 알아차렸다.

이들도 천라지망 안에 갇혔던 것이다. 무린은 헛웃음이 나오는 걸 참아야 했다.

'하나도 아니고… 나를 포함해 거의 백에 가까운 이들을 가둬놨어. 대체 몇이나 동원된 거지?'

최소로 잡아도… 수천이라는 계산이 됐다. 무린의 생각이 맞았다. 산동성, 강소성에 주둔 중인 마군이 거의 전부 동원되고 있었다. 그 수는 군단이라 칭해도 될 것이다. 한 성에 주둔하는 명군 숫자와 비교해도 결코 부족함이 없었다.

'기가 차는군…….'

파스스!

그때 숲이 다시 떨었다. 무린은 갈대숲의 떨림이 저쪽에서 자신을 알아차려 나온 기세 때문이라는 것을 알았다. 대놓고 퍼트리는 기세. 마치 저쪽도 자신의 존재감을 감지한 것 같았다.

갈대숲으로 들어설 때의 움직임. 미약하지만 일어났을 소음이 원인이었다.

'그냥 가라…….'

무린은 저들이 누구인지 궁금하지 않았다. 단지 서로 충돌

하지 않았으면 했다.

위치는 정확히 판별이 불가능하지만 분명 뒤에 흑의인 몇이 또 달라붙어 있을 것이다. 낭인이라 생각되는 저들과의 충돌은 무린에게 극히 불리한 일이었다.

무린은 기척을 최대한 감췄다.

그리고 초감각만 유지한 채 일단 상황을 지켜보기로 했다.

파스스!

숲이 또다시 떨렸다.

이번 떨림은 뭔가 달랐다.

명확한 의지가 기세에 담겨 숲에 퍼지기 시작했다.

'다가오지 말라……'

경고였다.

오면 베겠다는 의지가 가득 담긴 경고였다.

무린은 일단 침묵했다.

'근데 좀 익숙한데.'

묘하게 낯설지가 않았다.

단순한 기세지만, 보통 일정 경지 이상 올라간 무인들의 기세에는 그 사람 특유의 분위기나 기운이 섞여 들어간다. 그건 의도적으로 만들고자 해서 만들어지는 게 아닌 세월이 지남에 따라 자연스럽게 만들어진다.

무린은 이 기세를 어딘가에서 느껴본 적이 있는 것 같았다.

특성을 최대한 배제하고, 경고만 섞어 놓았지만 이렇게 원하는 감정을 담을 정도의 무인.

거칠고, 파괴적인 기운.

섬뜩하고, 예리한 기운.

분명 어딘가에서 느껴본 기운이다.

하지만 무린은 굳이 이 기세의 주인을 뇌리에서 떠올리려하지 않았다. 자신의 뒤에서 수풀이 흔들리는 소리가 난 것을 감지한 탓이다. 누구인지 굳이 생각해 낼 필요도 없었다. 흑의인들이 분명했다.

지금 신경 써야 하는 건 저들이었다.

'약… 십 장.'

소리가 난 곳과 지금 자신의 있는 곳의 거리가 예측됐다. 초감각이 아니었다면 이렇게 정교한 감지는 불가능했을 것이다.

'둘러싸였어. 앞은 적이 아니지만… 난감하군.'

언제 공격이 있을지 모른다. 이런 상황에 앞에 정체불명의 낭인들이 있다는 건 굉장히 부담스러웠다. 그들이 혹여 공격이라도 해오면?

뒷일은 상상도 하기 싫었다.

게다가 지금 여기서 지체할 시간도 없었다.

왜?

구화검이 이쪽으로 오고 있다는 것을 알기 때문이다. 구화검 정도면 지척에 들어서기만 해도 무린의 위치를 잡아낼 것이다.

구화검의 정체가 이장백이라는 것도 굉장히 부담스러웠다. 뭔 일이 벌어졌다는 걸 알지만, 어쨌든 마주쳐서 교전이 벌어진다면 죽여야 했다. 진심전력으로 공격해야 도망이라도 칠 수 있을 것이다.

슥.

스스슥.

뒤에서 수풀이 움직이는 소리가 좀 더 가까워졌다. 분명 전진하고 있다는 증거였다. 무린은 비청과 비홍을 손에 쥐고 일단 신형을 빙글 돌렸다. 전방보다는 후방을 대비하기 위해서였다.

'몇이지?'

가장 중요한 수부터 세는 게 먼저였다.

둘이나 셋 정도라면 상대 가능하지만, 그 이상이면 몸을 빼는 게 정답이다.

'다섯.'

무린이 있는 곳을 특정하지는 못한 것 같았다. 포위가 아닌, 일렬로 늘어서서 움직이는 것 같았다. 무린의 정면을 기준으로 좌로 주르륵 늘어선 상태. 이 상태면 조용히 지나갈 수도 있을 것 같았다.

저들이 지나가서, 낭인들과 맞붙으면 무린에게는 이득이다. 그때 뒤를 쳐서 전멸시키고 즉각 이탈하는 게 빨랐다. 그걸 위해 무린은 숨을 확 죽였다. 기척도 최대한 죽였다.

사사삭.

파르르르!

좀 더 다가오는 소리가 나자, 무린의 뒤에서 기세가 확 일어났다. 낭인들 쪽에서 일어난 기세였다. 역시 마찬가지, 다가오지 말라는 서늘한 경고. 이번에는 좀 더 특성이 나타났다. 새파란 예기가 느껴졌다.

다가오면 그게 무엇이든 반드시 파괴해 버리겠다는 주인의 현재 마음 상태가 기세 속에 고요히 숨어 있었다. 마치 태풍의 오기 전의 고요함처럼.

'절대로 절정은 아니야……'

그 기세에서 무린은 느꼈다.

이 기세의 주인은 결코 자신과 비교해도 뒤떨어지지 않는다고. 예상 못 한 강자지만 적은 아닌 것 같으니 다행이었다.

사르르.

수풀이 간드러지는 소리는 끊어지지 않았다. 흑의인들은 무린이 완전히 기척을 지우니 앞으로 계속해서 전진했다. 그리고 이내 무린의 정말 코앞으로 지나갔다.

만약 넓게 주변을 탐색했다면 어차피 걸렸겠지만, 그렇게
탐색할 여건은 주어지지 않았다. 점차 강해지기 시작한 경고
의 주인 때문이었다.

그 주인은 이제 조금이라도 시선과 경계심을 흐트러트리
는 순간 덮칠 것처럼 완연하게 기세를 피워 올리고 있었다.
일 장이라도 더 전진하는 순간, 부딪칠 것이다. 그리고 그 뒤
에 숨죽이고 있는 낭인들까지 전부.

'부딪치는 순간… 뒤를 친다.'

목표는 당연히 흑의인이었다.

무린은 속으로 수를 셌다.

부딪칠 것이다.

부딪친다.

그렇게 생각하며 거의 열까지 셌을 때, 백광이 번쩍였다.

기아앙……!

기음이 터지더니 갈대가 포탄에 맞은 땅처럼 터져 나갔다.
극한의 파괴력이다. 무린도 일격이 터지는 순간 솜털이 쭈뼛
설 정도의 강맹한 일격이다.

퍽!

무린에게 가장 멀리 있던 흑의인이 터져 나갔다. 저 멀리서
붉은색으로 점철된 파편이 갈대숲 너머로 비산하는 모습이
보였다.

그걸 보는 무린의 눈에서도 진청색 기광이 번뜩였다.

비천신기의 회전이 무린의 의지를 받아 거침없이 속도를 올려갔다.

기이잉······!

절정에 달한 비천신기.

무린의 전신에서 막대한 기세가 순식간에 뿜어져 나왔다. 비천무제라 그를 불리게 한 압도적인 기세의 현신이었다.

파각!

무린의 신형이 지면을 박차고 쏘아졌다. 자신과 가장 가까운 흑의인이 있는 곳이었다. 기척은 잡지 못했지만 소리가 그곳에서 멈췄다.

흑의인이 그곳에 있다고 무린은 믿어 의심치 않았기에 움직임엔 거침이 없었다.

한차례 비홍을 가로로 그어내자 뿜어져 나간 창기가 갈대를 우수수 베어냈다. 시야가 확보되면서 저 멀리 새까만 그림자가 일렁였다.

'잡았다!'

이미 흑의인은 반응했다. 무린이 있는 곳으로 정확히 신형을 돌려세운 것이다. 하지만 무린의 속도는 상상을 초월했다.

극한의 비천신기는 무풍형의 움직임에 마찬가지로 극한의 힘을 선사했다.

쩌엉……!

비청의 창날이 흑의인에 검에 막혔다.

짜르르! 내력의 충돌로 공간이 울부짖는지 기음이 터졌고, 그 기음이 터진 순간 이미 무린의 이격이 세차게 들어갔다. 힘으로 무기를 찍어 내리고 활짝 열린 상체에 그대로 비홍을 휘둘러 쇄골을 내려쳤다.

빠각!

우드드득!

전신의 뼈가 우그러지나? 쇄골에서만 난 거라 생각할 수 없는 격렬한 파괴 소리가 갈대숲에서 공명했다.

볼 것도 없이 즉사였다. 비천신기는 뼈뿐만이 아닌 내부 장기까지 모조리 찢어버렸을 테니 말이다.

빠악!

눈에 보이지 않는 속도로 이미 죽어버린 흑의인을 걷어 내고, 파각! 무린의 신형이 재차 전방으로 쏘아졌다.

스가앙……!

그 순간 눈부신 은빛의 궤적이 무린이 목표로 한 흑의인의 근처로 쇄도했다. 신비로운 은빛의 궤적은 일어난 순간, 이미 적을 타격했다.

푸확!

다시금 파괴적인 선율이 갈대숲을 울렸다.

그 순간 무린은 좀 전 공격의 주인이 누구인지 알 수 있었다.

'광검의 동생……!'

신비한 은빛 머릿결을 은하수처럼 휘날리던 여인. 극도로 절제된 표정을 하고 있던 여인. 오직 광검의 말에만 반응하던 여인.

'미오라고 했던가? 이런 곳에서 만나나…….'

쩡!

쩌정!

생각은 하고 있지만 이미 무린은 흑의인에게 도달, 순식간에 찌르고 베고, 연격을 펼치고 있었다.

단 두 번의 공격에 흑의인의 신형이 뒤로 밀려났다. 비천신기를 감당치 못한 것이다.

이들은 절정이다. 그럼에도 무서운 건 무린의 초감각을 빠져나갈 수 있는 특수한 기예가 있기 때문이지, 무력 자체가 무서운 건 아니었다.

쩡……!

세 번째 공격에 흑의인의 상체가 다시금 열렸다. 무린의 내력을 역시 감당 못 한다는 뜻. 이렇게 열린 가슴인데, 이걸 놓칠 무린이 아니었다.

쿵!

짧고 강렬한 진각.

이윽고 아주 익숙한 흐름을 타고 상체의 각 부위들이 비틀리고 회전하고 뻗어졌다.

푹! 손끝에 매달려 있는 비홍의 이빨이 그대로 흑의인에 심장에 처박혔다. 무린은 심장에 일격을 먹인 그 순간, 곧바로 비홍을 회수했다.

적은 아직 하나 남았기 때문이다.

사삭!

'전진?'

소리가 앞에서 들렸다.

이건 무린이 아닌, 무린보다 근처에 있을 거라 예상되는 광검의 동생에게 쇄도하고 있었다. 그러나 그게 무린이 의문을 자아내게 만들었다.

왜?

'표적이 내가 아냐?'

자신의 뒤에서 등장했다. 그리고 자신의 기세 또한 분명 잘 알 것이다. 그런데도 자신이 아닌 미오라는 여인에게 달려든다?

무린은 빠르게 상황을 파악했다.

'내가 아니야. 원래 더 있었던 거야. 나를 쫓던 흑의인들은 아직 이곳에 들어서지 않았어!'

그래, 광검이라면 이들이 붙고도 남았다. 무린이 아는 광검은 굉장한 무인이다. 무당의 운검과 소림의 한비담에 비해 조금도 부족하지 않는 무인이었다. 검란소저에 비하면 조금 낮을 거라 예상되는 무인.

자신과 비교하면?

역시 승부가 나려면 둘 중 하나는 죽어야 한다. 살아남은 쪽도 결코 무사하지 못할 것이고. 그러니 당연히 이들에게도 흑의인은 붙었다. 지금 갈대숲을 들어선 흑의인들도 광검을 전방에서 압박하던 이들이다.

그렇다면 무린을 쫓던 흑의인은 아직도 더 있다.

'굉장하군……'

자신은 물론, 광검과 그의 동생을 포함한 낭인들까지 한 포위망 안에 두고 조율한다. 이게 가능한가?

그 순간 다시금 광검의 여동생이 그 특유의 파괴적인 검예를 펼쳤다.

스가앙……!

퍼걱!

다시금 은빛 궤적이 그려졌고, 육신이 터지는 소리가 들렸다. 일격, 일살. 두 번 공격하지 않았다. 피하지도, 막지도 못하는 공격이었다.

이런 공격이 있으면서 왜? 하는 의문이 들었다. 들어온 흑의인은 다섯. 저쪽이 셋, 무린이 둘을 죽였으니 일단 정리가 끝났다.

무린은 천천히 기세를 죽였다.

다만 자신을 알리기 위해 저들도 익숙할 비천신기를 돌렸다.

천천히 앞으로 나아가는 무린. 역시 알아봤는지 좀 전처럼 경고의 기세가 날아오지는 않았다. 사락, 산산조각 난 흑의인의 시체를 지나 좀 더 가자, 갈대숲 사이로 간간히 새파란 강물이 보였다.

마지막 수풀을 거둬내고 나가자, 몇 발자국 떨어진 곳에 역시 예상했던 인물이 있었다. 무린은 짧게 그녀에게 예를 취해 인사했고, 주변을 둘러봤다. 약 사십 명 정도가 보였다.

번들거리는 눈빛.

절제되지 않는 기세.

복장도 각양각색이다. 누더기를 입은 자도, 정갈하게 차려 입은 자도 있었다. 느꼈던 것처럼 역시 낭인이었다.

그리고 어느 시점에 무린은 인상을 무겁게 굳혔다. 미오의 바로 뒤, 쥐 죽은 듯이 누워 있는 광검 위석호의 모습이 보였기 때문이다. 특징이 너무 적나라한 잿빛머리이니 못 알아볼 리가 없었다.

광검이 쓰러졌다.

미약한 숨결이 느껴지는 걸로 보아 중상을 입은 것 같았다. 하얗게도, 파랗게도 보이는 낯빛으로 보아 기식이 정말 엄엄했다.

게다가 고약한… 기운도 느껴졌다.

"독?"

무린이 미오를 돌아보며 묻자 완전하게 무표정인 그녀가 고개를 끄덕였다.

무린은 왜 이 여인의 기세가 그렇게 사나웠는지, 공격이 그렇게 파괴적이었는지 이해했다. 독에 광검이 중독당한 탓이었다.

무린이 소요진에서 봤던 미오는 절제된 무인이었다. 그것도 완벽할 정도로.

비교할 이를 찾아보라 하면 딱 검란소저가 떠오를 정도였다. 게다가 이 둘이 익힌 검공은 구파의 검공이었다.

점창(點蒼).

전체적으로 필법(筆法)으로 유명하긴 하나, 그것보다 더 유명한 기예들이 있으니 그게 바로 좀 전 미오의 검공인 사일이 있고, 지금 죽은 듯이 누워 있는 광검의 분광이 있다. 이런 점창의 기예를 익힌 여인이다.

"무슨 독인지 아십니까?"

"……"

무린의 질문에 미오는 고개를 저었다. 모른다는 명확한 표현이다.

무린은 살짝 놀랐다. 천하의 광검을 중독시킨 독이다. 분명 이름 있는 독이 아닌 이상 불가능한 일이다.

그렇다면 알고 있어야 한다. 구파가 모르는 독이 존재할 리가 없기 때문이다. 그런데도 모른다? 이 또한 그럼… 마녀에게서 나왔다는 뜻.

무린은 정심의 존재가 아쉬웠다.

그녀라면 이 독의 이름은 모른다고 하더라도 어쩌면 치료할 수 있지 않을까 싶었기 때문이다. 하지만 치료도 이곳을 벗어나야 가능하다.

딱 봐도 단기간 안에 치료가 가능한 모양새가 아니었기 때문이다. 다시 말문을 열어 무린은 미오에게 이탈을 권했다.

"일단 벗어나야 합니다."

"네, 하지만 포위되어 있어 어디든 쉽지 않습니다."

필요하다 생각했는지, 말문을 열어 무린의 말에 대답했다. 이 또한 아마 광검의 상세를 보살피기 위해 내린 선택일 것이다.

"이쪽 군사가 일단 수로로 이동해 남경으로 오라고 전했습니다."

"……."

이번엔 무린의 말에 대답하지 않았지만 미간을 살짝 좁혔다. 아마 생각 중인 것 같았다. 무린도 생각할 것이 있긴 했지만, 이미 거의 마음의 결정을 내렸다. 여럿이 움직이면 들킬 확률은 당연히 확실히 올라간다.

현실적으로, 아주 냉정하게 현실만 짚어서 생각한다면 역시 혼자 움직이는 게 옳다. 이건 정답에 가깝다. 게다가 무린의 성격이라면 충분히 그러고도 남아야 한다. 하지만 무린이 그러지 못하는 이유는 딱 하나다.

길림성에서 무린은 광검에게 은혜를 입었다.

'그것도 생명의 은. 이는 갚아야 하는 일이고, 지금 이 그때다. 게다가 광검을 여기서 만난 건 우연이 아니겠지. 같이 움직이라는 계시로 보겠다.'

의미를 굳이 부여까지 했다.

스스로 확실한 마음가짐을 굳히기 위해서였다. 하지만 틀린 생각은 아니었다. 무린은 은(恩) 반드시 갚는 편이니까. 그것 때문에 이 마녀의 난에 개입하지 않았는가. 소향의 은혜를 갚기 위해 말이다.

게다가 지금 광검을 만났다.

이 큰 중원 땅에서, 한 천라지망에 갇혀 있었다. 이게 과연 우연일까?

무린은 그렇게 생각하지 않았다. 예전 같았다면 우연으로 치부했겠지만 이건 우연치곤 너무 공교로웠다. 예상되는 게 하나 있었다. 순간이지만 바로 단서가 자신이 이들을 만난 이유가 떠올랐다.

'관통, 절삭, 파괴……?'

무린은 자신과 광검, 그리고 미오의 기질을 파악해 봤다. 그러니 바로 딱 답이 나온다. 이 역시 마녀의 계획이 아닐까 싶었다.

다 잡히면 끝장이다.

하지만 다 버티면?

마녀의 계획은 수포로 돌아간다. 끝끝내 버티면 말이다. 그냥 이대로 광검을 내버려 두면? 어쩌면 그렇게 되도 마녀의 계획이 수포로 돌아갈 수 있었다. 하지만 만약 그렇지 않으면? 자신의 비천신기만 있으면 된다면?

확신이 없었다. 만약 자신의 비천신기만이 목적이라면… 광검은 살아주어야 했다. 반드시 떨쳐 내고 일어서야 했다.

그게 무조건 무린은 도움이 될 것이라 확신했다.

생각을 마쳤는지 미오가 무린의 상념을 깼다.

"배가 오고 있지만 시간이 걸립니다."

"배?"

"네, 저희 광검단의 배입니다. 이곳까지 오려면 앞으로 반 시진은 있어야 합니다. 그래서 저희는 이곳에서 기다리고 있었습니다."

"음……."

이번에는 무린이 반대로 생각에 빠졌다.

반 시진이다.

길 다면 길고, 짧다면 얼마 안 되게 느껴질 시각이다. 하지만 무린은 엄청 길게 느껴졌다. 왜? 구화검이 오고 있으니까.

"구화검의 존재를 아십니까?"

"네."

"지금 이쪽으로 오고 있습니다."

"……."

이번엔 반대로 미오의 침묵. 그녀도 이미 중원에 널리 퍼지기 시작한 구화검의 존재를 아는 것 같았다. 승산? 그걸 생각하는 게 멍청한 짓이었다.

그 하나가 오면 모를까, 흑의인과 마군들이 같이 합세하면 필패다.

특히 마군이란 이름 앞에 특정 단어가 들어간 이들 다섯만 합류해도 정말 힘든 싸움을 해야 할 것이다.

"배는 위에서 내려오고 있습니까?"

무린이 묻자,

"사홍현에서 오고 있습니다."

옆이다.

다행히 홍택호로 향하는 강을 역으로 거슬러 오고 있었다.

"강을 따라 내려가는 게 좋겠습니다. 전방은 제가 뚫겠습니다."

"……."

무린의 말에 잠시 침묵하더니, 작게 '네' 라고 대답하고는 바로 광검을 들쳐 업고 천을 이용해서 단단히 자신에게 묶었다.

무린은 말없이 걸어 낭인들의 시선을 받으며 전방에 섰다. 무린이 앞에 서자 대열의 중앙에 미오가 섰고, 정말 비슷하게 생긴 젊은 남녀 둘이 무린의 양옆으로 섰다.

"저희가 받치겠습니다."

"걱정 말고 달려주세요."

짧게 한마디씩 한다.

무린은 가만히 둘을 봤다.

느껴지는 기세는… 놀랍다. 얼굴의 나이로만 본다면 이제 스물 중후반 정도밖에 되어 보이지 않았다. 김연호나 연경 정도의 나이였지만, 경지는 딱 봐도 둘보다 높았다. 비교하자면 탈각을 이루기 전 백면의 경지다.

특징적인 건, 역시 광검과 함께 있어서 그런지 기세가 사납기 그지없다는 것이다. 무린이 합류해 최전방에 서자 아낌없이 기세를 풀풀 날리고 있었다.

사내 쪽은 검을, 여인 쪽은 도를 차고 있었다.

군사로부터 들은 적이 있었다.

광검을 추종하는 무리.

그리고 그 무리를 최초에 규합했던 남매가 있다고.

낭아검과 낭아도.

그게 바로 이 둘이었다.

"……"

무린은 말없이 고개만 끄덕였다. 이 정도면 믿을 만하다고 판단됐다. 최소 흑의인이 공격은 막을 수 있을 것이다.

무린이 미오를 보고 조용히 말했다.

"가겠습니다."

"……"

대답은 없지만, 고개를 끄덕여 답하는 미오.

그 고갯짓을 본 무린의 신형이 즉각 튀어나갔다. 펑! 하고 지면이 터지듯이 비산했고, 그 뒤를 따라 낭아검과 낭아도가, 그리고 낭인들의 비호를 받는 미호가 뒤따라왔다. 그렇게 강 기슭을 따라 달린지 일각.

최초의 적이 무린을 반겼다.

수는 약 오십.

복장을 보아하니 딱 봐도 마군이었다.

기이잉……!

무린의 눈동자가 다시금 짙푸른 빛을 머금었다.

第二百章
이별(離別)

귀환병사

　무린의 비홍은 거침이 없었다. 딱 보니 이들은 천라지망의 한 부분을 담당하는 마군들이었다. 그래서 그런지 무력 자체는 상당히 뒤떨어졌다. 하지만 정말 이상하게도, 이들은 맹목적인 돌격을 해왔다.

　아니, 돌격이 아니라 진로의 방해다. 명령 자체가 막는 게 아닌 것 같았다.

　'지연!'

　어떻게든 조금이라도 무린을 더 잡고 있는 게 이들의 목적 같았다. 하지만 그걸 들어줄 무린이 아니었다.

꽈직!

전방을 막고 있던 마군의 가슴팍에 비홍을 꼽고, 파가각! 손목을 틀어 회전시켜 다시 뽑았다. 푸확! 피가 쭉 솟구쳤다. 뿜어져 나오는 피분수를 무린은 피하지 않았다. 피가 뿜어진 다고 피하기엔 무린이 살아온 세월이 너무나 처절했다.

촤아악!

신형을 회전시킨 무린이 오른발로 지면을 긁었다. 흙이 무린의 발에 파이고, 비천신기의 내력에 밀려 전방으로 투사됐다. 순식간에 흙의 장막이 펼쳐졌다. 시야가 순식간에 사라졌지만, 무린에게 이 정도 시야가림은 장애도 아니었다.

픽!

장막을 뚫고 들어간 비홍이 순식간에 마군 둘의 가슴을 꿰뚫었다. 비천신기의 강대한 관통력은 단순히 하나만 뚫고 끝나지 않았다. 촤악!

장막이 조각났다.

마군들이 일제히 내력을 발출해 흩어버린 것이다. 분산하는 흙 사이로 무린의 신형이 불쑥 뛰어들었다.

빡!

날듯이 뛰어올라 정면에 있던 마군의 머리를 잡고 무릎으로 그대로 쳐올렸다. 명치에서 조금 위쪽에 박힌 무린의 무릎이 섬뜩한 소리를 만들어내며 가슴을 함몰시켰다. 이 정도 타격이면 이미 끝났다. 사뿐 바닥에 내려선 무린이 마치 유령처럼 움직이기 시작했다.

무린의 움직임은 지극히 정(靜)적이었다. 상체의 혼들림, 하체의 움직임. 어느 걸 보더라도 전부 크게 티가 나질 않았다.

순간적인 사각을 파고드는 움직임.

툭! 치고 빠진 다음 다른 표적을 설정하는 것까지. 정말 전부 물 흐르듯 자연스럽게 흐르기 시작했다.

빡!

흘러가며 오른손 손바닥으로 좌측 진로에 있던 마군의 턱을 후려갈겼다. 두드득! 그 일격에 마군의 목이 한 바퀴를 강제로 뱅글 돌았다. 순간적인 타격으로 밀어 쳐 생긴 현상이다. 타격의 집중도가 엄청나다는 뜻이기도 했다.

푹! 어느새 다시 비홍을 뽑아든 무린이 이번엔 양손에 든 비청과 비홍으로 진을 갈가리 찢기 시작했다.

서걱! 눈부시게 빠른 무린의 일격이 마군 하나의 가슴을 길게 그어버렸다. 그때까지도 마군은 자신에게 무슨 일이 일어났는지 분간을 못 잡았는지, 무린을 향해 움직이려고 했다.

하지만 의지와 몸 상태는 완전히 뒤바뀐 상태였다. 몸을 움직이자 붙어 있던 피부들이 서서히 벌어졌다. 한 번 뜯어지기 시작하니, 속도는 걷잡을 수 없이 늘어갔다. 쩌억! 마치 탐스럽게 익은 과실이 반으로 쪼개진 것처럼 상체가 열렸다.

지극히 잔인한 장면.

하지만 이곳은 전장이다. 저런 무시무시한 광경이 곳곳에 벌어지는 게 아주 당연한 곳이다. 퍽!

서걱!

무린의 뒤에서 자신이 의도한 소리가 아닌 것들이 들려왔다. 초감각을 보니, 무린의 양옆을 받치겠다고 한 남매 같았다.

'비천대와는 다르군. 완전히 야생의 맹수야.'

두 사람의 움직임은 볼 수 없었지만 초감각에 느껴지는 기세를 느끼며 무린은 확신했다. 빠악! 사선을 그으며 내려간 비청이 마군의 무릎을 박살 냈다. 스아악! 그런 무린의 목을 향해 마군의 무기가 날아왔다. 번들거리는 기세. 기세 속에 숨었지만 명확하게 느껴지는 지독하고 불쾌한 기세.

'독.'

무린은 곧바로 알아차렸다. 극히 위험한 독이 이들의 무기에 간간히 묻어 있음을. 그렇다고 무린의 기세가 꺾인 건 아니었다.

'맞지 않으면 그만이지.'

겨우 마군 따위의 공격이 비천신기를 뚫고 들어올 리가 없었다. 그랬다면 신기라는 이름 따위는 버려야 했을 것이다.

무제라는 칭호도 같이 말이다.

퉁. 마군의 무기가 무린의 목덜미에 도달하기도 전에 뭔가의 장막에 튕겨나갔다. 볼 것도 없이 비천신기의 일류이다.

반탄력을 준 게 아닌, 아주 자연스럽게 튕겨나가는 무기의 궤적을 따라 무린이 일어섰다. 마군의 눈동자에 아주 미약한 파문이 일었다. 순간적으로 무린만 움직인 것 같은 착각을 받았기 때문이었다.

그리고 그 착각이 그 마군이 이생에서 했던 마지막 생각이었다.

푹.

비홍의 날이 그대로 목을 뚫고 들어갔다. 직후 파가각! 정체를 짐작하기 쉬운 목 안의 물체가 분쇄되는 소리가 뒤따랐다.

그 소리가 끝났을 때 무린은 이미 신형을 전방으로 폭사시킨 뒤였다. 푹! 푸북! 간단하지만 눈으로 보이지도 않을 찌르기가 무린의 손에서 연달아 펼쳐졌다. 무린의 초감각은 아주 예리하게 살아 있었다.

찌르기 후, 자신의 후방을 덮쳐 오며 포위망을 형성하려는 마군의 움직임이 아주 적나라하게 잡혔다. 가장 가까운 마군이 어디 있는지까지, 물 샐 틈 없이 촘촘하게 전장의 정보를 무린의 머릿속에 전달했다. 미약한 두통이 느껴졌다.

하지만 무린은 개의치 않았다. 이 정도 통증, 두통.

아무것도 아니었다. 이것보다 더욱 지독한 통증과 고난도 겪었던 무린이다. 무린의 투쟁심 앞에 통증이란 것은 그저 언제든 무시하거나, 밟아 죽일 수 있는 감정에 불과했다.

지잉! 무린의 청광이 번쩍였다. 지독한 예기, 투기, 그리고 살기가 섞인 기세가 순식간에 무린의 온몸을 덮었다가, 사방으로 퍼졌다. 그 자체로 유형의 기세가 되어 폭풍처럼 일어나기 시작했다.

움찔! 무린의 기세는 마군들의 본능을 순간적으로 건드렸다.

제아무리 이성적인 판단 없이, 명령에만 움직인다고 하더라도 본능은 살아 있게 마련이다.

인간의 본능을 완전히 죽이는 건 불가능이다. 마비시키는 건 가능할지 몰랐다. 이성을 완전히 죽였다면 그는 백치(白痴)가 되어야 했다. 그리고 이런 백치들을 움직이게 할 수 있는 건, 무림사상 최악의 사공이라 할 수 있는 강시술이 아니면 결단코 불가능하다.

물론, 이 강시술은 중원에 딱 한 번 등장했고, 등장 즉시 제조술을 퍼트린 자와 강시를 움직였던 문파까지 구파가 모조리 나서 단죄했다. 일부 세외로 도망간 것들도 세외의 문파들과 배화교가 나서 싸그리 씨를 말렸다.

결단코 이 세상에 나올 수 없게 말이다.

그러니 역시 강시술은 아니었고, 마비되었던 이성이 무린의 무시무시한 기세에 반응했다. 살고 싶다.

다가가면 죽는다.

이렇게 본능적으로 느껴 버린 것이다.

각인된 명령은 나아가라 하지만, 본능은 무린에게 다가가서는 안 된다고 강력히 경고하는 상태.

이걸 놓칠 낭인들과 낭아검, 낭아도가 아니었다. 순식간에 무린이 만들어준 거대한 틈 속으로 달려들었다.

무시무시한 참격들이 마군들의 몸을 헤집었다. 끈적끈적한 살기, 절제되지 않은 야성이 그대로 드러나는 공격들이었다. 과연 낭인. 경지는 비천대와 비교해도 그다지 꿀리지 않았다. 다른 게 있다면 특성 정도였다.

비천대가 절제된 살인병기들이라면, 이들은 북원의 전사들처럼 야성이 그대로 살아있는 살육병의 기세를 가지고 있었다.

야성을 뿜어내며 달려든 낭인들이 마군들을 순식간에 찢어발겼다. 순간 움찔하는 것 자체가 전투 중에는 치명적으로 작용한다. 거칠다 못해 마치 미친놈의 칼 시위처럼 광기가 듬뿍 담겨 있었다.

공격 자체에도, 공격에서 일어나는 기세에도 말이다.

"전진!"

무린은 짧게 외치고 곧바로 길을 열었다.

비홍과 비청은 걸리적거리는 모든 것들을 부쉈다. 찢고, 가르고, 꿰뚫었다. 성난 맹수가 양 떼에 뛰어들어 날 뛰는 것 같았다. 길은 금방 열렸다. 악착같이 막아서려 했지만 이미 무린의 기세가 뿜어지기 시작했을 때부터 승부는 났었다.

전방이 쭉 열리고, 무린은 그대로 다시 달리기 시작했다. 그런 무린의 바로 뒤로 낭아검과 낭아도가 따라붙었다. 그리고 낭인들 전체가 따라 붙었다. 무린은 고개를 돌려 미오가 있는지 확인하지 않았다.

무린이 느끼기에 미오는 자신과 비교해도 결코 부족하지 않은 무인이었다. 구파의 절예를 익힌 무인이다. 게다가 자신과 아주 흡사한 운명을 타고난 여인이다.

수많은 역경이 있었을 테고, 그걸 넘어 여기까지 왔다. 겨우 이 정도 마군에 잡힐 여인이 아니었다. 광검의 부상은 분명 두 사람이 해결할 수 없는 어떤 절대적 적과 마주쳤기 때문일 것이다.

쭉쭉 사물이 스쳐 지나갔다.

무린의 무풍형은 빨랐다. 혹시 몰라 배려하고 있는 중이긴 하지만 그래도 빨랐다. 어느새 마군들의 무리는 저 멀리 남았다.

몇몇이 따라오고 있지만 애초에 뛰는 속도 자체가 달랐다.

반각, 일각이 지났지만 무린은 걸음을 멈추지 않았다.

어디까지 왔을까?

저 멀리 수평선 너머 배가 보이기 시작했다.

"저 배예요!"

뒤에서 낭아도의 목소리가 들렸다. 무린은 고개를 끄덕였다. 하지만 속도를 늦추지 않고 더 빠르게 배 쪽으로 달렸다.

배는 컸다.

상선을 개조해 만든 모양인지 속도도 남달랐다.

"여깁니다!"

배 위에서 역시 제멋대로의 복장을 갖춰 입고 있는 사내가 마구 손을 흔들었다. 광검! 하고 낭아검이 외치자, 야차! 하고 대답이 들려왔다. 그에 무린은 피식 웃었다. 생각보다 유치한 암구호였기 때문이다. 물론, 광검에게는 더없이 어울리는 암구호이긴 했다.

배가 강기슭으로 다가왔고, 길다란 나무 널빤지가 쿵 소리를 내면서 떨어졌다. 가장 먼저 미오가 움직였다. 무린은 빠져 있었다. 후미를 맡을 생각이었기 때문이다.

지잉!

초감각에 끌려오는 정보들이 있었다. 점점 늘어나기 시작하더니 사방에서 느껴지기 시작했다. 마군들이 달려오고 있었다.

"빨리! 적이 옵니다!"

무린이 외치자 역시 무린처럼 후미에 남을 생각이었는지 한쪽에 빠져 있던 낭아검과 낭아도가 수하들을 마구 재촉했다.

쉭!

가장 근처까지 온 자에게 무린의 시선이 돌아갔다. 아직 시야에는 잡히지 않지만 조금만 시간이 지나면 바로 모습을 드러낼 것이다.

"개새끼들아, 빨리 올라가!"

여인의 목소리 같지 않았다. 재촉하는 낭아도의 목소리에 담긴 섬뜩한 광기. 게다가 쌍욕 자체가 탁한 목소리와 너무나 어울렸다.

파스스스!

시야 끝에 닿은 갈대가 마구 움직였다. 숲을 뚫고 마군이 달려오고 있다는 증거였다. 촌각이면 이제 모습을 보일 것이다.

"대협! 올라서십시오!"

무린은 말없이 고개를 끄덕이고, 신형을 날렸다. 퉁, 퉁. 단 두 번의 도움닫기 만에 배 위에 안착하는 무린. 그 뒤를 따라 낭아검과 낭아도도 바로 올랐다.

"출발! 당장 출발해!"

배에 올라선 낭아도가 마구 소리쳤다. 그러자 배가 천천히 선회하기 시작했다. 하지만 역시 움직임은 느렸다. 이 속도면 다 돌았을 때쯤 마군들이 강기슭에 쫙 깔릴 것 같았다. 무린은 배의 후미 쪽으로 갔다.

"……."

그리고 말없이 비홍과 비청을 연결했다. 처컥! 하는 소리와 함께 장창이 되었다. 오묘한 색상이 가장 먼저 눈에 뛰었다. 반은 푸르고, 반은 붉었다. 그러나 한 가지 확실한 건, 신병의 예기를 줄줄이 흘리고 있다는 점이었다.

"물러서십시오."

짧게 주변에 말한 무린이 자세를 잡았다.

기이잉!

그아아앙……!

비천신기가 격렬하게 돌면서 기음을 토해냈다. 무린은 말없이 집중했다. 창 끝에 푸르른 기가 모이기 시작했다.

그 색의 농도가 점차 짙어졌다.

동시에 무린의 눈동자에도 푸른 기광이 번뜩이기 시작했다.

"흐읍……."

촤아악!

호흡을 마심과 동시에 멈추고, 그대로 창을 긋는 무린. 그

행위에 창 끝에 머물고 있던 창기가 그대로 물속으로 날아갔다.

펑……!

포탄 터지는 소리와 함께 물보라가 비산했다. 끼이익! 동시에 배가 갑자기 확 돌아가 버렸다. 무린의 창기에 맞아 일어난 수면의 폭발. 그 폭발은 물살을 거세게 일으켰고, 그 힘에 배의 선회 속도가 훨씬 빨라졌다.

아예 반에 반 바퀴를 무린의 힘에 위해 돌았다.

펑……!

무린은 다시금 창기를 쏘았다. 그러자 다시 반의반 바퀴.

단 두 번의 창기 발출로 배는 어느새 완전히 뒤돌아섰다.

"출발! 출발!"

감사의 인사를 할 겨를도 없이 낭아도가 외쳤고, 선장으로 보이는 이가 곧바로 그 명령을 받아 움직였다.

하지만 역시 출발은 좀 느렸다. 물살의 힘과 노의 힘으로 탄력을 받기 전까지는 어쩔 수 없다는 걸 무린은 알았다.

하지만 이미 강기슭에는 마군들이 집결하기 시작했다. 벌써 육안으로 파악되는 마군들만 거의 백에 가까웠다. 도대체 어디에 있던 건지, 무린이 자신들이 원한 방향으로 움직이지 않자 정말 개미 떼처럼 몰려 나왔다.

기가 질릴 정도였다.

"갑판에 서서 몸을 날려 오는 마군을 상대해 주십시오."

무린은 낭아검, 낭아도에게 말하고 다시금 후미 중앙으로 가서 섰다. 다시 창기로 강을 때려 물살이 거세게 일어나게 만들 작정이었다. 한 번 탄력을 받기 시작하면 돛과 노, 그리고 물살의 힘으로 배는 쭉쭉 강물을 탈 것이다.

"알겠습니다!"

"맡겨두세요!"

두 쌍둥이가 무린의 말에 배의 선측으로 움직였다. 무린은 그 모습을 보면서 다시 비천신기를 돌리기 시작했다.

기잉! 기이잉!

기음이 일어나고, 무린의 창에 다시금 푸른 창기가 생성되기 시작했다. 절정에 이루자 그대로 가차 없이 뿌려 버렸다.

쾅……!

이번엔 바위라도 때린 건지 솟구치는 물분수 사이에 돌조각이 끼어 있었다. 두웅! 일어난 파문이 배를 밀어냈다. 속도가 쭈욱 올라가는 게 느껴졌다. 한 번 올라간 속도는 다시 내려가지 않았다. 오히려 점점 속도를 더해갔다.

'아직…….'

부족하다고 무린은 느끼고 있었다.

이 정도 속도는 마군들이 달려들 수 있는 속도였다. 이마에 송골송골 맺힌 땀을 손등으로 훔쳐낸 무린. 창기의 연속 발출은 역시 막대한 내력 소모로 이어졌다.

무린이 창기를 발출할 줄 알면서도 굳이 무기를 이용한 타격전을 선호하는 이유도 여기에 있었다. 창기로 죽이면 다행이지만, 못 죽이면 내력 소모가 아주 장난 아니었다.

전력을 다했다지만 단 세 번 방출했을 뿐인데 벌써 신호가 오고 있었다. 끼잉, 끼잉. 비천신기가 울고 있는 느낌이었다.

하지만 아직 부족하다고 느꼈기에, 무린은 입술을 깨물고 다시금 기를 모이기 시작했다.

"막아! 절대 배에 못 올라타게 해!"

네!

낭아검의 악에 받친 일갈에 광검단의 낭인들 역시 이를 갈며 대답하고는 선측으로 이동, 철통같이 경계를 하기 시작했다.

꽈득!

"이 개새끼가 어딜 기어올라와! 뒤져!"

낭아도가 섬뜩한 얼굴로 도를 휘둘러 배에 매달려 올라오는 마군의 머리통을 갈라 버렸다. 낭아검 역시 톱날처럼 생긴 검을 휘둘러 배로 올라오려는 마군의 몸을 갈가리 찢어버렸다. 비명과 고성이 난무하기 시작했다.

그 순간 무린은 다시금 창을 그었다.

콰앙⋯⋯!

거친 폭음, 거센 물보라, 거센 파문이 순차적으로 일어났고 두웅! 다시금 배의 후미를 밀었다. 촤아악!

배가 물살을 가르는 소리가 이제는 귀에 쏙 박힐 정도로 들려왔다. 배가 한계까지 탄력을 받은 것이다.

바람도 남풍에 가까워 돛에 가해지는 힘도 훨씬 강하게 받았다. 순식간에 쭉쭉 배가 나아가더니 달려오는 마군들도 전력으로 달려오기 시작했다. 하지만 배로 달려들진 못했다. 강폭은 결코 좁지 않았다.

달리면서 몸을 날려 오를 정도로 배가 강기슭 쪽으로 위치한 것도 아니었다. 이제는 아예 강의 중앙에 자리를 딱 잡았다.

"후우……."

무린은 한숨을 내쉬었다.

이 정도면 마군들을 벗어났다고 생각해도 되겠다는 판단이 들었다. 무린은 갑판에 등을 기대고 털썩 주저앉았다.

비천신기가 타격을 받았는지, 저릿저릿한 통증이 아련하게 올라왔다. 하지만 정소민을 죽일 때 입었던 내상만큼은 아니었다.

무린이 앉자 배의 중앙에 있던 미오도 천천히 앉아 광검을 눕혔다. 광검의 상세는 여전히 좋지 않았다.

여전히 의식이 없고, 숨만 붙어 있다고 초감각이 알려왔다. 하지만 무린도 독을 해소할 방법을 알지는 못했다.

"감사합니다."

"이 은혜, 반드시 갚겠습니다. 대협."

낭아검과 낭아도가 무린에게 다가와 깊게 몸을 숙이면서 인사했다. 귀신처럼 산발한 머리를 한 두 사람이다. 치렁거리고, 마치 맹수의 털처럼 거친 머리가 고개를 올린 무린의 시선에 가장 먼저 눈에 들어왔다.

"괜찮습니다. 어차피 나도 광검에게 도움을 받은 적이 있으니."

"그래도 갚겠습니다."

"구명은 반드시… 추후에 무슨 일이 생기면 연락 주십시오."

"알겠습니다."

무린은 쉬고 싶었다.

그래서 고개를 끄덕이니 두 사람이 고개를 들고 광검의 주변으로 가 털썩 앉았다. 미오가 앉은 자리에서 고개만 숙여 인사했다. 무린도 고개만 끄덕여 받고는 눈을 감았다.

'문영.'

이후 혼심을 연결했다.

네.

기다린 것처럼 즉각 대답이 들려왔다.

'정심 소저도 같이 있나?'

혼심을 통해 무린은 정심의 존재를 찾았다. 그녀라면 혹시
모른다. 광검의 독을 해독할 수 있을지. 의선녀의 맥을 이은
정심은 내상, 외상 할 것 없이 뛰어난 치료술을 가지고 있었
다. 게다가 단문영도 있었다.

독의 일가.

만독문의 직계가 바로 단문영이다.

이 세상에 존재하는 웬만한 독들은 거의 전부 알 수 있을
것이다.

네. 이옥상 소저와 얼마 전에 합류했어요.

단문영의 대답이 들려왔다. 정심도 같이 움직이고 있는 것
같았다. 다행이었다. 무린은 일단 단문영에게 물었다.

'알 수 있겠어? 광검을 중독시킨 독.'

묻자마자.

아니요. 제가 직접 맥을 잡아보기 전까지는 힘들어요. 육안
으로 파악할 수 있는 독도 아니어 보이고요.

그런가.

'같이 남경으로 간다. 정심 소저에게 독에 대한 준비를 부
탁해 줘.'

아쉽지만 일단 남경으로 가기로 했다. 그리고 안다 하더라
도 여기서는 해결할 방법이 없었다. 광검이 남경까지는 무조
건 버텨줘야 했다.

알겠어요. 참, 조심하세요.

응?

'조심?'

무린이 되묻자.

네, 느낌이 좋지 않아요. 뭔가… 무서운 일이 벌어질 것 같
아요. 그러니 제발 조심해요…….

거의 호소 수준이었다.

'……'

무린은 뭐라 말할 수 없었다. 단문영의 감은 거의 옛날에나
있던 신녀 수준이다. 단순한 예감이 아니라 예언 수준이다.
일어난다고 하면 일어나고, 그녀가 괜찮다고 하면 분명 괜찮

을 것이다.

상단전이 극한으로 열린 여인. 설명이 필요 없는 여인이다. 그런 단문영이 위험하다고 한다. 뭔가 무서운 일이 일어난다고 했다는 것은 분명 그녀는 무언가를 느낀 것이다. 신적인 어떤 계시 같은 걸 몰래 엿들은 것이다.

그냥 농담으로 들을 얘기가, 혹은 넘겨들을 얘기가 아니었다. 아주 진지하게 받아들여야 했다.

'정확하게 어떤 일이지?'

무린이 물었을 때였다.

순간 소름이 쫘악, 전신으로 내달렸다. 오돌토돌. 차가운 뱀이 온몸을 칭칭 감는 것 같았다.

뭐지?

무슨 일이지?

드득.

금이 가는 소리가 들렸다.

아니, 아니다. 금이 가는 게 아니라, 뭔가가 뜯어지는 소리였다. 양 끝을 잡아 서로 반대편으로 당겨 뜯어낼 때, 천이나 줄이 뜯어질 때나 날 소리. 아니, 소리도 아니었다. 마음속에서만 울렸으니까.

정확히 뭐라고 정의를 내리기 힘든 소리.

'문영……?'

아…….

무린의 부름에 단문영은 탄성으로 대답했다. 무린은 순간적으로 무슨 일이 일어났다는 것을 느꼈다.

비천신기가 돌았다.

초감각에 집중했다. 모든 내력을 초감각에 쏟아 부었다. 하지만 아무것도 느껴지지 않았다. 이건 감각의 영역이 아니었기 때문이었다.

영혼의… 영역. 단문영과 무린, 두 사람. 두 사람의 영혼을 대상으로 일어나는 일이었다.

화악.

장막처럼 자신을 덮어오는 게 있었다. 불길하지 않고, 오히려 따뜻한 장막. 익숙한 느낌이다.

'문영?'

진… 가가.

진 가가?

이 순간에?

게다가 힘이 하나도 없는 목소리.

혼심을 통해 하는 대화지만, 서로의 상태쯤은 파악이 가능하다. 단문영의 상태는 좋지 않았다. 그것도 매우, 정말 매우 좋지 않았다. 꺼져 가는 목소리. 전장에서 죽어가던 동료들의 목소리. 그 목소리와 매우 흡사했다.

'왜? 대체……!'

무슨 일이 벌어지고 있는 거냐!

무린은 즉각 혼심을 역으로 연결했다. 탈각을 통해 무린은 단문영의 생각을 읽을 수 있게 됐다. 지금까지 그렇게 하지 않은 건 그녀의 개인 사생활 때문이었다. 속마음을 들추어내는 건 정말로 좋은 일이 아니었다.

그래서 단 한 번도 그녀의 생각을 읽은 적이 없었다. 하지만 지금은 아니었다. 당장 알아야 할 필요가 있었다.

연결하자마자 폭포처럼 단문영의 생각이 무린의 뇌리로 흘러들어 왔다.

첫 번째로 큰 것.

보고 싶어요.

이건 단문영이 자신을 보고 싶어 하는 마음이었다. 그녀의 뇌리를 현재 가득 메우고 있는 생각이었다. 지금 이 순간, 가장 큰 마음이 자신을 보고 싶어 한다는 것.

왜?

'걱정이 아니라 보고 싶다?

순차적으로 두 번째.

살고 싶어요.

그 마음을 느끼는 순간.

"아……."

육성으로 무린의 입에서 탄식이 흘러나왔다. 살고 싶다는 마음이… 지금 이 순간, 두 번째로 큰 마음이었다.

그럼 세 번째는?

무서워요…….

으득!

"왜……."

가래가 끓는 것처럼 거친 목소리가 무린의 입을 통해서 흘러나왔다. 이해가 가지 않고, 이해하고 싶지도 않은 일이 벌어졌다.

"왜 당신이… 거기에 있어!"

쩌렁!

포탄처럼 무린의 외침이 배 위에서 터졌다. 바람 속에서 터져, 날카롭게 주변 사람들의 귀를 파고들었다. 광검단의 낭인들은 즉각 반응했다. 반은 퍼져서 사주를 경계하고, 남은 반은 광검과 미오의 곁을 둘러쌌다.

하지만 무린은 어느새 무릎을 꿇고 있었다. 저도 모르게 자세가 변한 것이다.

마치… 누군가에게 빌기 직전의 자세였다.

세 번째.

단문영이 무서움을 느끼는 대상…….

마녀였다.

마녀가 단문영을… 납치했다.

그리고 지금.

"하지 마."

무린의 입에서 뚝 하고 하지 말란 말이 흘러 나왔다. 밑도 끝도 없이 흘러 나온 말이라 광검단은, 미오는 생각하겠지만… 보고 있었다. 무린은 전부 단문영을 통해 보고 있었다. 단문영의 목을 잡아 올리고. 손끝을 당겼다.

마녀의 무정한 눈동자가, 단문영의 시선을 통해 무린에게 전달됐다. 덜덜덜. 뱀 앞에 선 개구리처럼 단문영은 떨었다.

아니, 실제 단문영은 완전히 기가 죽었다.

살려주세요.

그 한마디도 하지 못했다.

단문영은 상단을 연 여인. 남들보다 훨씬 많은 걸 느낀다. 단순하게 말해서 마녀와 마주치면 무린보다도 더 많은 걸 느낀다. 그 근원까지 저도 모르게 상단의 묘용이 훔쳐봐 버린다. 그 끝도 없는 무저갱.

인세의 것이 아닌, 인외의 힘과 어두운 욕망까지 전부. 낱낱이 훔쳐봐 버린다. 원하지도 않게 말이다.

그래서 뱀 앞에 개구리가 됐다.

입도 벙끗 못하고.

"제발 하지 마…… . 목적은 나잖아."

무린의 어깨가 파르르 떨렸다.

마치 애처럼. 아니, 정말 잘못을 저지른 애가 되었다. 무린의 동공이 마구 흔들렸다. 눈동자가 왔다 갔다, 파르르 떨면서 초점조차 잡지 못하고 있었다.

마녀의 입술이 열렸다.

오밀조밀한 입술이 움직이며 어떤 말을 단문영에게 건넸다. 무린은 단문영을 통해 즉각 그 이유를 알 수 있었다.

마지막 순간, 당신은 분명 방해될 거야.

그 말을 끝으로 마녀의 수도(手刀)가 움직였다. 수도 끝에 기이한 힘이 일렁였다. 해조차 뚫는다는 관일이 담겨 있는 게 분명했다.

"아……."

탄식과 함께.

푹.

마녀의 수도가 단문영의 가슴을 뚫고 들어갔다.

후환을 남겨 두는 짓, 나는 하지 않아.

마녀의 말이 다시금 단문영을 통해 무린에게 들려왔다. 스르륵, 목을 놓자 단문영이 바닥에 쓰러졌다. 쿨럭! 단문영이 입에서 피가 왈칵 뿜어져 나왔다. 그 모든 게 마치 내가 직접 느끼듯이 보였다.

"……."

뭐야.

정말… 찌른 건가?

심장을?

단문영의 심장을 마녀가?

순간적인 혼란이 찾아왔다.

진 가가……

힘없는 목소리.

"아……."

무린은 탄식을 흘렸다.

단문영의 마음에서 마녀, 공포, 등등의 감정이 사라졌다. 볼 수 없지만 알 수 있었다. 마녀는 단문영의 심장을 뚫은 직후 그녀를 놓고, 스르르 사라졌을 것이다.

진 가가……

단문영이 다시 불렀다.

무린은 대답할 수 없었다.

대… 답……

목소리가 끊겼다.

생각을 할 힘도 소진되고 있다는 뜻. 감사해야 하나? 머리를 날리지 않아줘서……?

"아… 응."

무린의 입에서 겨우 대답이 흘러나왔다.

갑작스러워서, 혼란으로 뇌리가 가득 찼지만 이게 마지막이라는 것은… 순간적으로 알아차렸다.

그래서 나온 반사적인 대답.

아, 아무… 것도. 미, 안…….

피식.

웃었지만, 무린의 얼굴은 일그러졌다. 고개가 저절로 푹 꺾였다. 보이고 싶지 않은 표정을 해서가 아닌, 그냥 반사적으로 고개가 꺾였다. 들고 있을 힘조차 빠져나갔다.

"뭘… 미안해."

끝까지, 숨이 꺼지는 순간에도 나를 걱정하는 건가? 아아… 트드득. 입술을 깨문 이가 살을 파고 들어갔다.

주륵.

피가 흐르기 시작했지만 아무것도 느껴지지 않았다.

다, 다음… 새, 생에…….

그래, 보자.

우린 만날 운명이야. 이미… 이렇게 얽혔으니까.

"그래. 미안하다. 못 지켜줘서."

끝이다.

배시시 웃는 단문영의 얼굴이 보이는 것 같았다.

뚝.

그리고 뭔가 끊어지는 소리가 났고.

단문영을 더 이상 느낄 수 없었다.

『귀환병사』22권에 계속…

내일을 향해 쏴라

김형석 장편 소설

FUSION FANTASTIC STORY

1만 시간의 법칙!
'성공은 1만 시간의 노력이 만든다'는 뜻이다.

그러나…
사회복지학과 복학생 수.
전공 실습으로 나간 호스피스 병동에서
미지와 조우하다.

1만 시간의 법칙?
아니, 1분의 법칙!

전무후무한 능력이 수에게 강림하다!
맨주먹 하나로 시작한 수의
인생역전이 시작된다!

Book Publishing CHUNGEORAM

유행이 아닌 자유추구-
WWW.chungeoram.com

이모탈 퓨전 판타지 소설
FUSION FANTASTIC STORY
워리어
Warrior
최강의 병기 메카닉 솔져,
판타지 세계로 떨어지다!
서기 2051년.
세계 최초의 메카닉 솔져 이산은
새로운 세계에 발을 딛게 된다.
"나는… 변한 건가?"
차가운 기계에서 따뜻한 피가 흐르는 인간으로!
카이론의 이름으로 새롭게 시작하는
진정한 전사의 일대기!
Book Publishing CHUNGEORAM
유행이 아닌 자유추구 -
WWW.chungeoram.com

네르가시아 장편 소설

FUSION FANTASTIC STORY

THE MODERN
MAGICAL
SCHOLAR

현대
마도학자

나르서스 제국의 전쟁영웅이자
마나코어를 개발한 천재 마도학자 카미엘!

그러나 제국의 부흥을 위한 재물이 되어
숙청당하는데……

『현대 마도학자』

죽음 끝에 주어진 또 다른 삶.
그러나 그에게 남겨진 것은 작은 고물상이 전부였다.

더 이상의 밑은 없다!
마도학자의 현대 성공기가 시작된다!

Book Publishing CHUNGEORAM

무경 新무협 판타지 소설

암제귀환록

마흔에 이르기도 전에 얻은 위명.
암제(暗帝).

무림맹의 충실한 칼날이었던 사내.
그가 무림맹 최후의 날에
모든 것을 후회하며 무릎을 꿇었다.

"만약 그때로 돌아갈 수 있다면……"

사내의 눈이 형용할 수 없는 빛을 토했다.

"혈교는 밤을 두려워하게 될 것이다!"

Book Publishing CHUNGEORAM

유행이 아닌 자유추구 -
WWW.chungeoram.com

강준현 장편 소설

FUSION FANTASTIC STORY

개척자 *Pioneer*

『복수의 길』의 강준현 작가가 선보이는
2015년 특급 신작!

글로벌 기업의 총수, 준영.
갑자기 찾아온 몽유병과 알 수 없는 상황들.

"…누구냐, 넌?"
혼돈 속에서 순식간에 바뀐 그의 모든 일상.
조각 같던 몸도, 엄청난 돈도, 뛰어난 머리도 모두, 사라졌다!

<u>스스로도 알 수 없는 낯선 대한민국의 밑바닥부터
다시 시작해야 하는 준영.</u>

"젠장! 그래, 이렇게 산다!
대신 나중에 바꾸자고 하면 절대 안 바꿔!"

그는 과연 이 상황을 극복하고 자신의 운명을
새롭게 개척해 나갈 수 있을 것인가!

글샒 장편 소설

FUSION FANTASTIC STORY

세상을 다가져라

[세상을 다 가져라]

문피아 선호작 베스트 작품 전격 출간!
현대판타지, 그 상상력의 한계를 넘어서다!

권고사직을 당한 지 2년째의 백수 권혁준.

우연히 타게 된 괴상한 발명품으로 인해
과거로 회귀한다!

그런데
과거로 온 혁준의 손에 들려 있는 것은 바로
최신형 스마트폰!

"까짓 세상, 죄다 가져 버리겠다 이거야!"

백수였던 혁준의 짜릿한 인생 역전이 시작된다!

Book Publishing CHUNGEORAM

유행이 아닌 자유추구 –
WWW. chungeoram.com